佐藤洋二郎

Sato Yojiro

妻籠め

小学館

妻籠め

装幀：高柳雅人
装画：加藤健介

1

我慢と忍耐という言葉の意味はよく似ているが、実は大変に違う。我慢は仏教の煩悩《ぼんのう》の一つで、強い自我から起きる慢心のこと、忍耐は苦しさや哀《かな》しみを耐え忍ぶことだとジャン神父は言った。

彼は神父だが仏教にも詳しい人物だった。フランスからやってきて神社仏閣もよく歩いている。それで知識があったが、当時のわたしは、その言葉の意味を深く考えることはなかった。

だが今はあの言葉が脳裏をかすめる。生きていくにはなによりも忍耐が必要ではないか。もし自らが摑《つか》んだ言葉が生きる指針になるとすれば、あの神父の生き方は簡素で、穏やかな日々を送っているように見えた。

大学近くの修道院に住み、規則正しい生活を送っていた。朝も早く起き、祈りをすませた後に午前中の授業を組み、それが終わると自分の研究をしていた。ヘブライ語も古代ギリシア語も堪能《たんのう》だった。

講義も興味の湧くものだった。それで履修したが、酒が好きで、よく学生たちと会話を愉《たの》しんでいた。その神父の影響で知識を得る喜びも知った。

修士課程に進み、中世哲学を学ぼうとしたのもそのためだ。後期課程にも進みたかったが、家庭の環境がそれを許さなかった。わたしは母一人子一人の母子家庭だった。父はわたしが六歳のときに癌《がん》で亡くなり、その後、母の女手一つで育てられた。

好きなように生きればいいのよ。自分の人生だもの。彼女は寡婦《かふ》を通し、よくそう言って安心させてくれたが、自分は息子のために少しも自由に生きていなかった。

それで修士課程を出ると、カトリック系の出版社に一度就職した。わたしの家は仏教徒で、キリスト教の信者はいない。しかし家からそう遠くないところに、プロテスタント系の幼稚園があり、朝になると、オルガンの音色に合わせて賛美歌が流れていた。

その歌声をじっと聞き入っていたこともある。それからもの哀しくなり、亡くなった父のことをよく考えた。どうして自分だけ男親がいないのか。母は気遣ってくれたが、幼いわたしの心にはいつも小さな穴が空き、そこから孤独の風が吹き抜けていた。

あるとき仲良くしていた少女が、その教会から出てきたときには驚いた。聞き入っていた自分の姿を見られたようで、恥ずかしくもあった。なにをしているの？　大きな目をまっすぐに向けた彼女に、返答する言葉を持っていなかった。

逆になにをしているのかと訊《き》いた。お祈りしていたの。相手はそう言って前歯の抜けた歯並みを見せた。わたしは黙り込んでいた。

それ以上なにを話していいのかわからなかったのだ。中に入る？　彼女はふくよかな頬に笑みを残したまま訊き、わたしの手を取り、礼拝堂に連れていった。

祭壇の中央にはキリストの像があり、ステンドグラスの高い窓からは、やわらかな陽射《ひざ》しが伸びていた。それを美しいと思い見上げていた。

そのうち奥のドアから牧師が出てきて、にこやかな表情を向けた。わたしはあっと声を上げた。初老の男性は川土手をよく散歩している人物だった。持っていたチョコレートをくれたこともある。

よくきたね。彼はやさしく言ってくれた。友達なの。すごく強いんだよ。少女は誇らしげに伝え、ねっと顔を向けた。その頃のわたしは乱暴なこどもで、よく仲間たちと衝突していた。それがおとなしい人間になってきたのは、その後父が死に、母と二人だけの生活をしだしてからだ。

あの日、牧師は教会を案内してくれ、コーヒーにたっぷりと砂糖を混ぜて飲ませてくれた。それにショートケーキも出してくれた。

なにもかも一人でやり、家族がいる気配はなかった。わたしたちが帰る時間になると、教会の外まで出てきて、また遊びにきてほしいと言った。その言葉に促されて、よく少女と教会を散策した。磔《はりつけ》になったキリストをじっと見つめていたが、痛くないのかと畏怖《いふ》するものがあった。

自分の手首に小さな釘《くぎ》を当てたこともある。わたしが涙を流す姿を見て、少女は笑い続けていた。しかし中学生になると、その教会には行くことはなくなった。わたしは秘《ひそ》かにその少女が好きだったが、遠ざかった。

あんなに仲良く遊んでいたのに、お互いに町で会ってもはにかむだけになった。思春期に入り、強く異性を意識しだしたからだ。

それとわたしが大腿部《だいたいぶ》を骨折して、半年も治療をしたからだ。ギプスを取ると、左脚は細く痩せていた。そしてわずかに足を引きずるようになった。直に治りますから。医者は安心させたが、あれ以降、元に戻ることはなかった。

それまでのわたしは、リレー大会に出ても常に一番だったし、相撲も強かった。神社の大会で何人もの仲間たちに勝ち、賞品もたくさんもらった。それが思い切り走ることもできず、そうしたとしても負けるのが厭《いや》で、参加することもなくなった。

目立つ動きではなかったが、負い目を抱くようにもなった。あのときからだ。神なんかいない、人にはいたとしても、自分にはいないのだと思った。神様にあんなにお祈りをしたのに、助けてくれなかった。その上、父親もいないではないか。わたしは卑屈になっていた。

あれからもう四十年以上の月日がすぎた。当時の牧師の年齢と変わらない。太っていた彼は突然心臓麻痺《まひ》で亡くなったが、まだこんなに若かったのだ。

わたしは彼とジャン神父のことを思い出していた。どちらも笑みを絶やさず、穏やかな人物だった。どうしたらあんな笑顔を見せられるのか。作り物の笑顔だったとでもいうのだろうか。

やがてジャン神父は出奔したが、今頃なにをしているのか。どこかの大学に奉職したという話も聞かない。あの人は神との約束を破り、なにもかも捨てて、新しい生活を見つけだそうとしたのだ。

わたしはそのことを嫌悪した。彼に対する憧憬《しょうけい》が一度に消えてしまったのだ。助祭を経験し、多くの人々の苦しみや悩みを受け止める心もあり、崇《あが》められていたはずだ。

その人が若い女性と姿を消した。いったい神はいるのか。いたらなぜあの人を唆すようなことをしたのか。煩悩のほうが神の力より勝るというのか。

だが今のわたしにはあの神父の苦悩がわかる。それまでの自分を否定するような生き方は、現在でも彼自身が戸惑っているのではないか。日本にはいないという噂《うわさ》もあるが、いったいどこで暮らしているというのだろう。

ジャン神父とわたしの人生は違う。彼を思い出すのは、時折、心の中を吹き抜ける孤独の風のせいではないか。わけもなくふと淋《さび》しくなるのだ。幼い頃から淋しさに慣れていると思っていた。母と二人暮らしの生活は、心を強くしてくれたはずではなかったのか。

彼女は本当に快活な人間だったのだろうか。あの明るさは孤独を抱えていたからこそ、逆に現れた陽気さではなかったのか。光と影。快活さと深い孤独。母の性格はその間で揺れ動いていたのだ。

こうして研究室から街を見下ろすようになったが、それまでのわたしは、仕事を持ちながら後期課程を出て、あちこちの非常勤講師をやっていた。

この大学に職を得たのは四十三歳のときだった。中世哲学を教えられる大学は少なく、大学を三校掛け持ちし、その講師料で生きてきた。たまにカルチャースクールの講座もやった。

そんな生活だったが不自由は感じなかった。元々贅沢《ぜいたく》をする人間ではなかったので、狭いマンションの賃貸料と、食費を稼げればそれでよかった。後は好きな書物に親しんでいれば満足だった。

その上、結婚願望も乏しい。母がわたしを育てるために苦労した姿を目にして、相手の女性やこどもたちには、自分と同じ境遇にしたくないという気持ちも生まれていた。臆病になっていたのかもしれない。

しかし今、心に走るこの颪はなんなのか。ただ國分真琴《こくぶまこと》のことを思い浮かべるだけで、心が締めつけられるような感情に支配されるのだ。

なぜ自分を制御できなくなったのか。この歳《とし》になって、こんなに処置できない想《おも》いがあるなんてどうかしている。

人に言ったところで蔑まされるだけのことを、いつも思案するようになった。今のわたしはあの神父の姿と同じではないか。そのおもいが頭の中で堂々巡りをしている。

わたしはこの感情が、いずれ時間の流れとともに消えていくと考えている。それが証拠に、あれだけ可愛《かわい》がってくれていた父の姿だって、朧気《おぼろげ》になったではないか。過ぎ去る時間がすべてを解決してくれるはずだ。そのときがくるのをじっと待つだけだ。

2

小学校六年生の頃だった。朝、学校に通う途中に橋を渡っていると、鴨《かも》の親子がのどかに泳いでいるのを目にした。わたしはその光景を見下ろしていたが、急に学校に行きたくなくなった。

その少し前、教会に通う少女と出会った。牧師の具合が悪いので、お祈りをしたのだと教えてくれた。天国に行かれたら厭《いや》だもの。彼女は悲しそうな目を向けた。少女にとっては尊敬する牧師でもあるが、幼稚園の先生でもあるのだ。それに目をかけてもらっている。

彼女が心配するのも無理はなかった。

天国なんかあるはずがない。わたしが言うと、相手は強く否定した。それから澄んだ空を見上げた。白い雲が立ち上っていた。あんなところに父親がいるはずがない。少し頭がおかしいのではないか。そんな視線を向けると、相手は尖《とが》った目を向けていた。

わたしも少しはものを考えられる人間になっていた。お伽噺《とぎばなし》でもあるまいし。天国にいれば戻ってくればいいじゃないか。そんな悪態をついて別れた。

背後から罵《ののし》る声が聞こえていたが、振り向かなかった。おまえには父も母もいる。兄弟だっている。それも釘《くぎ》を打たれたキリストのおかげだというのか。

そんな感情が行き来していたのかもしれない。親の後について泳ぐ子鴨たちをながめていると、ふと松江に住む叔母のところに行ってみたくなった。きれいな叔母で、一度遊びにこないかと誘われていたのだ。

わたしが住んでいる土地から松江までは、八十キロ近く離れていた。だがそう遠いところでないと考えていた。

それで国道九号線を走った。左手にはずっと日本海が見渡せ、海原が広がっていた。遙か先に島根半島が横たわり、目を中国山地に向けると大山《だいせん》が見えた。

背後には三瓶山《さんべさん》も見え、わたしは出雲《いずも》の国引き神話に出てくる、二つの山の間を走っていた。喉が渇くと石清水《いわしみず》で潤した。山道は自転車を押して上がった。

「どこに行くんだ?」

十二時近くになると田儀《たぎ》駅までやってきていた。その駅からは一層日本海が一望できた。道路工事をやっていた職人たちが休息を取っていた。

「松江です」

「遠いいぞ」

「大丈夫」

わたしは胸を張った。

「一人か」

煙草を吸っていた年配の男性が訊《き》いた。わたしは強く頷《うなず》いた。

「これを持っていけ。ここで食ってもいいぞ」

相手は大きな握り飯をくれた。戸惑っていると、まだずいぶんと先だから腹が減ると言って、握り飯を押しつけた。

空腹だったわたしはそれを頬張ると、彼らは陽に灼《や》けた顔をほころばせた。気をつけて行けという言葉に促されてまたペダルを踏んだが、心は爽快だった。人のやさしさに触れたからだ。

それから大声で歌ったり、好きな女の子のことを思い浮かべながら進んだ。そして夕暮れの宍道湖《しんじこ》を見た。焼けて赤く染まった空と雲が、湖上に広がっているのを目にしたときは、なんとも言えない厳かな気分になった。

あの気持ちをどう表現したらいいのだろう。言葉をなくし、陽《ひ》が沈むまで茫然《ぼうぜん》と佇《たたず》んでいたが、それまでの人生で見たこともない神々しい光景だった。

「どうしたの。お母さんも一緒?」

すっかり陽が暮れて叔母の家に着くと、彼女は驚いた。

「一人」

「いつきたの?」

「今」

わたしは自転車に乗ってきたことを告げたが、信じていない様子だった。

「なにかあったの」

「急にきてみたくなった」

「それだけ?」

わたしは笑っていた。松江まできたという達成感があったのだ。

「何時便できたの」

叔母は列車できたのかと訊いた。

「自転車で」

「自分の?」

「そお」

「お母さんは知っているの」

わたしは首を横に振った。

「知らない」

「心配しているわ」

叔母はそう言って母に電話をした。そのやりとりを聞いていたが、母が当惑しているのがわかった。

叔母は話し終えると、お母さんもびっくりしていると言った。わたしはそんなに驚くことだろうかと思った。冒険には違いなかったが、あの宍道湖の美しい光景や、食べ物を恵んでくれた人たちの顔が思い出されてきて、心は十分に満たされていた。

「でもよくきたわねえ」

叔母は改めて言った。

「すごくおもしろかった」

「みんなが心配すると思わなかったの」

「全然」

「男の子しかできないことだものねえ」

彼女は逆に羨ましそうに言った。感心してくれる叔母の言葉に、わたしはすっかり有頂天になっていた。

その日、叔母は食事に誘い、わたしの行動を誉《ほ》めてくれた。きっと一生の思い出になるわ。彼女の言ったことは本当だった。あの宍道湖の夕焼けの美しさは忘れられない。神が造った光景だ。あの神々しさはずっと瞼《まぶた》の裏側に焼きついている。

叔母はまだ二十代の後半で、わたしはあっさりとした性格が好きだった。途中、近々結婚するという男性がやってきた。そのときだけ小さな失望を抱いたが、叔母と同じように、こちらの冒険を誉めてくれると急に心も解《ほぐ》れた。

自転車は貨物列車で運んでもらうことにして、わたしは朝早く汽車で戻った。駅に到着すると母に鞄《かばん》をもらい、そのまま学校に向かった。

教室では同級生たちが談笑していたが、昨日とは違い、彼らが幼く見えてしかたがなかった。冒険をやり遂げたという満足感で、急に大人になった気がしたのだ。

そしてその数日後、わたしは母の代わりに和服の反物を海辺の町まで届けに行った。自分が配達するとせがんだのだ。

その海辺の町は古代、このあたり一帯を征服した物部《もののべ》一族が上陸してきたと言い伝えのある土地だった。そこからわたしたちが住んでいる土地に住み着き、近隣の部族を配下に置いたところだった。

海岸と町の間にはそう高くない山が連なり、そこを切り砕いて行き来する道を造った。

切り立った両崖には夏でも冷たい水が流れ落ち、ひんやりと体を冷やした。冬は氷柱《つらら》ができ、濡れた坂道は常に凍っていた。

母は届け物だから自分が行くと言ったが、松江から戻ってきたわたしの心は浮き立っていた。彼女の役に立ちたいという気持ちが生まれていたのだ。

自転車の荷台に品物を載せて、川土手を走った。秋も中ほどだった。田圃《たんぼ》には稲が実り、海が近いこともあり、海鳥が舞っていた。やがて畦道《あぜみち》を抜けて、坂道に向かった。急坂で自転車を押したが、冷風が両側の崖から下りてきて、汗ばんだ体を冷やした。

峠を抜けると、一気に目の前に日本海が広がった。そこに夕焼けがかかり、宍道湖で見た夕焼けとよく似ていた。いやそれよりも美しいと思った。こんなにいいところがあったのか。わたしはしばらく感動して見惚《みと》れていたが、その夕焼けを追うようにペダルを踏んだ。

海からの風を全身に受けて坂道を走った。母の役に立っていると考えると、心も晴れ晴れとしていた。しかし次の瞬間、目の前を勢いよく走り抜ける動物がいた。あれはなんだったのだろう。鼬《いたち》のようにも見えたし、兎《うさぎ》のような気もした。

わたしは驚いてハンドルを切った。と同時に、体が宙を舞い、おもいきり道路に叩《たた》きつけられた。後は記憶がなかった。

気がつくと脚に痛みが走り、立ち上がろうとしても体を動かすことができなかった。自転車は遠くで倒れ、荷台の反物は散らばっていた。とんでもないことになった。懸命に起き上がろうとすると激痛が走った。

途方にくれてじっとしていると、農夫が運転する車が通りかかり、こちらの姿を見て停車した。脚が。わたしはそう言ったきり、後の言葉をつなぐことができなかった。直に初老の農夫は事態に気づき、抱え上げて小型トラックの荷台に乗せてくれた。

そのままわたしは手術と入院をして、半年間の療養をした。母の狼狽《ろうばい》と落胆は激しかった。わたしが悪かったのよ。彼女は自分を責めた。お父さんに申し訳ないことをした。彼女が呻吟《しんぎん》するように呟《つぶや》いた言葉が、今も耳の奥に残っている。

あれから母は負い目を持った。そして気にする彼女に対してわたしも負い目ができた。脚は徐々に回復したが、もう思い切り駆け巡ることはできなかった。

松江に行ったときのように、何時間も自転車を漕《こ》ぐこともなくなったし、風を受ける心地よさも味わうことがない。

あの日からすでに四十年近くがすぎた。もしあの事故に遭わなければ、どんな人生があったのだろう。こうして職を得て、自分の好きなことができる。本当はあの事故のおかげで、手に入れた人生ではないのか。心にさざ波が立つことも少なくなった。

その心に変化が起きたのは、あの國分《こくぶ》真琴《まこと》の存在があるからだ。彼女の面影が脳裏を走る。ブラウスを押し上げる豊かな乳房が見える。白い項《うなじ》が瞼の裏側に広がった。

なぜこんな邪《よこしま》なおもいが浮かぶのか。消えては浮かぶ泡のように、それも突然に出現するのだ。そうなったところでどうなるものではないが、いつの間にかまた思い浮かべている。自分の感情をコントロールできないのだ。

3

特急電車が通りすぎた。それで現実に戻った。また妄想か。風が中空を舞っている。わたしはその妄想を断ち切るように窓硝子《ガラス》を閉めた。

再び静かな部屋になった。窓から進入していた風が出口を失い、研究室の中で戸惑っている気がした。やはり疲れているのか。

わたしは苦笑いをした。もう講義もない。帰宅してもいい時間だが、帰っても自分だけだ。この部屋となにも変わるものはない。帰り支度をしていると、部屋をノックする音が聞こえた。どうぞと応じると、真琴の姿が見えた。

「ああ」

わたしは小さな声を上げた。彼女は上気したこちらの顔を見つめて、どうしたのかと訊《き》いた。

「なんでもないけど」

真琴の白い肢体が再び瞼《まぶた》の裏側に見え、若い匂いが鼻孔をくすぐった。いったいなにを夢想しているのだ。わたしは恥じ、視線を宙に浮かせた。

「お帰りですか」

「そろそろ」

「残念」

なにか用件があって訪ねてきたはずなのに、彼女は研究室の書架に目を向けたままだ。しかし興味を持って見ているというようでもなかった。

「これ全部お読みになったんですか」

「仕事だからね」

「目は悪くならないんですか」

わたしは用件を切り出さない相手に、どうしたものかと思った。彼女が読書好きなことは知っているが、なぜわざわざそんなことを言うのだろうという気持ちにもなった。いつものような奔放さもない。

「でも素敵」

「年配者をからかっちゃいけないなあ」

わたしはまっすぐに見つめている真琴の視線をずらした。

「お父様がいなかったでしょう。だから歳《とし》の離れた小父《おじ》様たちが魅力的」

彼女のその話は知っていた。去年のゼミナールに入ったときの自己紹介のおりに、女親の手で育てられたと告白した。

わたしはそんなことをしゃべる必要もなく、少し露悪的な女性ではないかと感じた。だが自分と似た境遇のような気がして心に残った。

目が澄んでいて、どこかもの哀《がな》しそうな牝牛《めうし》の瞳のように感じる。背丈もあり、その容姿に視線を向けていると、突然視線が合った。お互いに気まずそうに口元をゆるめた。

「折り入ってお頼みしたいことがあるんです」

濡れたような瞳がこちらを見つめている。少し緊張した目はわたしの姿を捉えて離さない。きめ細かい白い頬がわずかに紅潮していた。

「どうしたの」

「大変ご迷惑なお願いだと思います」

わたしは書棚のそばにある椅子に座るように促した。テーブルの上には読みかけの書物があり、それを書棚に一旦戻した。それは今、進めている研究書の一冊で、いずれそれに付随するものをまとめ上げるつもりでいた。

こちらが無意識にしまったのは、まだ大学院生だった頃、不用意におしゃべりをすると、それとよく似た研究を出版され気落ちしたことがあったからだ。

その教授は人物として認められていたが、仕事の速さには驚かされた。彼はいいヒントをもらったと屈託なく言ったが、悪意のない言い方はさばさばしていた。

わたしは複雑な気分だった。だがそう思ったところでどうなるものでもない。逆にその教授は今の大学を推薦してくれた。気にしていてくれたのだ。ありがたかった。それで心も晴れ、彼とは亡くなるまで交流を持つことができた。しかしあのときから注意深くなった。

「お仕事中だったんですか」

「かまわないよ」

真琴はでもと言ったが、話を切り出さなかった。

「本当はわたしのことじゃないんです」

「どういうことですか」

彼女は自分が入ってきたドアに目を向けた。硝子戸の向こうに黒い影があり、人の気配があった。

「呼んでもいいですか」

「お客さん？」

「お願いがあるみたいで」

真琴は少しだけ表情を曇らせた。

「では入ればいいのに」

彼女はありがとうございますとお礼を言ってから、ドアを開けた。直に痩せた長身の男子学生が入ってきて、頭を下げた。わたしには見覚えがなかった。

「四年生の坂田と申します」

相手は甲高い声で名乗った。そして黙っていた。

「ほら、その後も」

真琴がけしかけた。相手の頬は紅潮していたが、急に血の気が引き蒼白《あおじろ》く見えた。

「この人が単位を落としたんです。それでなんとか助けてもらえないかと、相談してきたんです」

「あなたに?」

彼女は小さく首を傾《かし》げた。

「自分でしっかりとお願いしなさい」

「申し訳ありません」

わたしはすべてを理解した。期末の試験が終わると、こういう学生は珍しいことではない。またかという気持ちになっていると、相手も無言のままだ。しかたなくそれで? と訊いた。

「単位をいただけないでしょうか」

わたしは単位取得に対しては、それほど厳しいわけではない。授業と試験を受けていればもらえるはずだ。そのどちらかが欠けていたのだろうが、こちらが顔を覚えていないということは、講義には出ていないはずだ。

「先生は落とさないということだったので」

「誰が言ったの」

「先輩です」

坂田は自動車クラブに入っていると言った。それがどんなことをやるのか知らなかったが、比較的裕福なこどもたちが、自動車であちこちに出かけているということは知っていた。

観光地を回って、知識や親睦を深めるという趣向なのだろうが、それがどんな役に立つのかという感情もあった。

「お願いします」

わたしは無言だった。真琴の表情が気になったのだ。それになぜ連れてきたのか。彼女もまたこちらの反応を確かめるように見つめている。

「いかがでしょう?」

坂田の物言いは物事を頼む姿勢ではなかった。少しも人の心を動かそうとする熱がない。

なぜこんな若者が増えたのか。わたしは彼よりも、最近の学生のことを思い起こしていた。

「それはどういうことですか。まずそのことを説明してもらえますか」

坂田は真琴のほうに視線をずらした。彼女が睨《にら》みつけていると、相手は理由を話し出した。授業にあまり出られなかったのは、母親が病気で、試験当日に入院をしたのだと言った。

わたしはそれがいいわけであることは、ながい教員生活から気づいている。本人が病院に通っていた、入院していたと言う者は毎年いる。先に理由書を提出すればいいだけのことだが、落ちたとわかり頼み込んでくる。

それが通らないと、教員の授業態度をあげつらって脅す学生もいる。自分が悪かったことと、相手が悪かったことは別物なのだが、平気でそういうことを言ってくる。多分、家庭でも学校でもあまやかされていて、言い分が通ると勘違いをしているのだ。

わたしはそんなことを思いながら真琴の表情を見た。心配そうにしていたが、今はその頼りなげな目の色はない。坂田を見下しているようにも見える。自分が連れてきた学生なのにどういうことなのか。

「それでぼくにどうしろというの」

しかたなく言葉をつなげた。

「なんとかならないでしょうか」

「無理だと思います」

「そこをなんとか」

「きみは新幹線や飛行機に乗るときに遅れますか」

「はぁい?」

坂田は間の伸びた返答をした。

「だから乗り遅れたらどうしますか」

「次にするしかないと思います」

「単位取得も同じことでしょう?」

「違うような気もしますが」

わたしは少しずつ不愉快になっていた。それは目の前にいる学生が、真琴とどういう関係かと疑問を抱いたからだ。突き放したような態度をしていることが不思議だった。

「試験に間に合わなかったということも、新幹線に乗り遅れるということも、似たようなものじゃないのかな」

「でも本当に母親が病気だったんです」

「それなら最初に報《しら》せておくなり、この人に伝えてくれるように頼めば、いい気もするけどね」

坂田は確かにと言って口を噤《つぐ》んだ。ようやく伝えていることを理解した様子だった。

「それでも助けてもらえないでしょうか」

「あなただけ依怙贔屓《えこひいき》はできないでしょう」

坂田は真琴に恨めしそうな表情を向けた。

「ほら、頑張りなさいよ」

彼女は突き放した。

「実は就職が決まったんです」

それもよくある訴えだ。

「そうなんですか」

「病気の母親に喜んでもらいたくて」

今度は情実に訴えてくるのかという気持ちになった。

「お母さんはおいくつ？」

わたしがそう訊いたのは、ふと郷里の母親のことを思い出したからだ。彼女も八十をすぎた。目も膝も悪い。だが一人で生きている。デイサービスにも行かない。頼めば週に二度はきてくれるが拒み、なにかあったらどうするという気持ちだが、わたしにはなにもできない。

危ないからと電気ストーブやファンヒーターを送っても使っていない。未《いま》だに石油ストーブで、その上に薬缶《やかん》を載せている。火事の元になると言うと、自分には自分の生き方があると言われた。

心配は尽きなかったが思案するのを諦めた。そうしたところで遠くに離れているのだ。それを解消するには同居か、ケアハウスに入所するしかないが、それは言い出しにくかった。

今更東京で暮らすこともできない。先にそう言われることを察知して、都会は知っている人間が誰もおらず、年寄りには逆に、過疎の土地なのだと言った。

多分、彼女の言うことは当たっている。身よりのいない者が、都会に出てきてもやることもない。それにもう歳《とし》だ。環境を変えて認知症になることもある。

わたしは気がかりだったが、彼女の好きなようにさせようと決めた。家は老人たちの溜《たま》り場になっている様子だ。

目が悪い彼女の家には猫が住み着き、先日、子猫を五匹生んだらしい。どうするのかと訊くと、人間と違って餌を与えていればいいだけだから育てると言った。今頃は猫屋敷になっているのではないか。

「先生」

ふとそんなことを思い浮かべていると、真琴が問いかけた。わたしが坂田のことを思案していると思ったのかもしれない。

「お願いします」

坂田はこちらが気をゆるめたと感じたのか、体を深く折り曲げた。真琴がわたしを見据えていた。

「九月卒業ということもありますから」

「単位を落としているのは先生だけなんです」

多分、それは嘘《うそ》だ。わたしの講義の単位取得はきつくはない。そう言って春先になれば、また大学にいる者を何人も見てきた。

「調べればすぐにわかりますよ」

「ごめんなさい」

相手はまずいと思ったのかすぐに謝った。少しも誠実ではないじゃないか。わたしはもういいという気分になった。

それに騙《だま》されたことはいくらでもあるし、また騙されたふりもしてきたが、誠実さに欠ける者は、後で裏切られたような気持ちになり後味が悪い。

「國分さんの恋人ですか」

「違います」

真琴は強く否定した。しかし頰が紅潮した。坂田はその言葉を聞いて呆然《ぼうぜん》としている。それからそうですと言い切った。すると彼女の平手打ちが相手の左頰に飛んだ。今度はわたしのほうが驚いた。

「気安くそんなことを言わないで」

坂田は視線を落とし、返答しようとはしない。

「もう駄目でしょう」

それでも相手はなにか言いたそうに突っ立っていた。

「出ていったほうがいいと思う」

「ひどいじゃないか」

「それは坂田くんのほうでしょう」

彼女は相手の右腕に手を当て、研究室を追い出そうとした。

「失礼しました」

真琴はそう言うとドアの前で一礼して、研究室を出た。あんなに気の強い女性だったのか。わたしは蠢《うごめ》いていた空気が沈殿するのを待つように、ソファに身を沈めた。

いったい今、起こったことはどういうことなのか。間違いなく彼女は、あの男に平手打ちを食らわせた。彼女は急に感情を露《あら》わにしたが、あれくらいのことで力の強い男性に手を上げるだろうか。

しばらくぼんやりとしていると、気持ちが落ち着き、またわたしは机の前に戻った。毎年似た学生がいるが、女子学生と一緒にくるのも珍しい。

以前にも親と一緒にきて、学生より母親に懇願されたが、自分のこともできない若者が増えている。家族がいなければ、一人で生きていけるのかという気持ちにもなる。こちらのほうがおかしいのかと逡巡するが、本当のことはこどものいないわたしにはわからない。

そんなことを考えていると、その感情を押しのけるように、真琴の肢体が浮かんできた。白い肌。豊かな胸元。そして健康的な脚。あの肢体を坂田が抱いていたというのか。

淫らな想像をしていると、再びドアをノックする音がした。妄想から醒《さ》めると、なにを考えているのだという気持ちになったが、それだけ真琴がこちらの心の中に入り込んでいるのだ。

「ごめんなさい」

彼女は深々と頭を下げた。顔を上げると、口の端に小さな舌を出した。それから白い歯並みを見せた。

「ペコちゃんじゃないの」

なにも悪びれていないのだ。わたしは含み笑いをした。

「男のくせに少しも根性がないんだから。そのくせ狡《ずる》いんです。わたしを利用しようとして」

「心配いらないの?」

「大丈夫です」

「一人でこさせればよかったのに」

「それができないから、駄目な人なんでしょう」

上目遣いに見た真琴の目はやわらかかった。

「そうかもしれないなあ」

わたしも気分が軽くなって素直に応じた。本当はもっと言葉に配慮しなければいけなかった。彼らが教員の言葉尻を捉えて、自分の都合のいいように解釈するのは、すでに知っている。

それにしても真琴はなぜあの男を連れてきたのか。彼女はそういう学生ではないと思っていた。

「ごめんなさい」

「毎年、ああいった学生はくるし、気にしなくていいですよ」

「本当ですか」

彼女は両手を豊かな胸に当てて大げさに喜んだ。

「でもどうして彼があなたに頼んだんだろう」

「理由はあるんです」

「どんな」

「知りたいですか」

わたしは黙った。知ったところでどうなるのだろうという感情が湧いたのだ。

「臆病なのにしつこいんです。だからしかたなく言うことをきいてあげたの」

なぜという気持ちになった。わたしも臆病な人間だ。本当に臆病な人間は人との関わりを持ちたくないものだ。

「少しだけつきあっていたんです。別れる理由として、先生に頼んでくれないかということになったの。なんでも人任せ」

わたしはようやく合点がいった。真琴が平手打ちを食らわせたのも、気安くするなという意味もあったのだ。

「あまえているんですよねえ。若さを売り物にしているみたいで」

彼女があけっぴろげに言うのは、わたしが老いている人間だからか。それにそんなことを、目上の男性に言う女性がいるのだろうか。時代が変わったということか。それなら変わりすぎたという気持ちも生まれてきた。

「でもああいう人のことはどうでもいいんです」

「わかりました」

「助けなくても問題ありません」

わたしはきっぱりと言い切った相手にたじろいだ。一度はつきあっていたのではないか。

「それよりも今度、どこかの神社に行くときに一緒に連れて行ってくれませんか。いいでしょう?」

真琴はこちらの顔を覗《のぞ》くようにして訊き、真剣な顔つきをしていた。

「確かに。でもそれは」

「よかった。憶《おぼ》えてくれていて」

授業の合間に神社の話をしたのは事実だ。わたしが全国に数多《あまた》ある神社を歩き、それを授業中に話したら、彼女が興味を持ったのだ。

訪ねたい人間がいたら、一緒に出かけてもいいと言ってしまったのだ。学生には辛気臭い場所だし旅費も嵩《かさ》む。興味を持つ者もいないと思いしゃべったのだが、彼女が名乗りを上げたのだ。むしろそんなことに一番遠い存在の人間だと感じていた。

「本気?」

「嘘なんかついてどうするんですか」

相手は少しむきになった。

「驚きました」

「おっしゃったご本人が驚くんですか」

「そういうこともあるんじゃないかなあ」

わたしは気安く言ったことを後悔した。それにどうしてそんなことを言ったのか。それから当時のことを思い浮かべた。四、五十人程度の講義で、簡単な宗教学を教えるものだった。ただあのときの真琴の強い視線だけはよく憶えている。

教室の中央にいた彼女は、わたしがその話をすると視線を上げ、じっと聞いているのがわかった。妙な学生だと思ったが、それ以上は気にせず授業を続けた。

そしてあの言葉になったのだ。あれはどういうことだったのか。それともわたしは彼女を誘っていたのだろうか。まさか。なんの根拠もないではないか。

だが真琴が強い視線を向けている姿に、吸い込まれるようにしゃべってしまったのだ。小さな虚栄心が生まれていたのかもしれない。

「ほかの方は参加されるんですか」

「誰が？」

「わたし以外に」

「誰も」

今度は真琴が戸惑っていた。

「そうなんだあ」

「申し訳ないね」

わたしは安堵《あんど》した。彼女がそれで諦めてくれると考えたのだ。

「でもそのほうがいいかな」

わたしは相手がなんと言ったか理解できなかった。訊き返そうと思ったくらいだった。

「なんだか素敵でしょう？」

こちらはますます要領を得なかった。

「どういう意味?」

「わたしにだけお話をしてくれるんですから、勉強にもなるし」

「行くつもり?」

相手はまっすぐな視線を向けていた。

「あなた一人ですよ」

「大丈夫です」

わたしは言いよどんだ。

「あの話を聞いてからお金を貯《た》めたんですよ。もう準備万端整っていますから」

「どうしようか」

「行きましょうよ」

「そう言われてもねえ」

わたしは暗に否定した。いくら研究だといっても、女子学生と二人で出かけられるはずがない。それに教員と学生の問題はいくつでも耳にしている。

表向きは依願退職となっているが、実際は女子学生と問題を起こし、解雇になった者を知っているし、問題が発覚しそうになって、結婚した教員も知っている。

わたしはそういったことに関わりたくなかったし、自分の好きな学問だけをやりたいという気持ちが強かった。ものを知り、知識がついたような気分になるのは、わたしにとってはなによりも愉《たの》しいことだった。それなのになぜあんな軽はずみなことを言ってしまったのか。わたしはすでに後悔していた。

「先生と弟子ということでいいんじゃないですか」

「困りますね」

「でもおっしゃったんですもの」

真琴は穏やかな口調で言った。そこには必ず出かけるという強い意志が現れていた。

「あなたが志願するとは考えなかったもの」

「誰かに言わなければいいだけのことですもの」

「よくわからないけど」

「先生も口が固い。わたしもそう。だから決してばれることはないでしょう?」

わたしは先刻の坂田と真琴のやりとりを思い出した。男女の関係だったことをしゃべっていたではないか。親しく口をきくようにはなったが、信じるわけにはいかない。

「愉しみにしているんです」

「さっきの彼のことは?」

「もう話は終わったし、約束は守ったんですもの」

「約束?」

「先生に会わせてくれと言って、そのくせあれですもの。なにもかもお膳立《ぜんだ》てをしてくれると思ったのかしら。おかしいでしょう?」

わたしはまったくだと言いたかった。しかし言葉をとめていた。告げ口をされたら逆手に取られて、問題になると考えたのだ。

「でも恋人でしょ」

「ああいうのは恋人とは言わないの」

じゃあ、どんな関係がそうなのかと興味は湧いたが、それも留《とど》めた。わたしには関係のないことだ。

「同性愛者なんでしょ?」

真琴は唐突に訊いた。なんのことか判然としなかった。

「誰のこと?」

わたしが問いかけると、彼女は少しだけ指を突き出して、こちらを見つめていた。

「ぼく?」

彼女は眼差《まなざ》しを向けたまま頷《うなず》いた。

「噂《うわさ》ですよ」

「どうして?」

相手はさあと小首を傾げた。疑っている様子だった。

「先輩から後輩に受け継がれている話みたいですよ」

わたしは返答ができなかった。なぜそんな噂話が流布しているのか。

「いろいろな人がいての人間ですもの。いいんですよね、そんなことは。先生が悪いわけではないでしょう?」

「妙な噂だね」

「嘘も百回しゃべれば真実になるという感じ」

「それは、ちょっと違う気もするけど」

「やっぱり」

「なにが?」

「庇《かば》うんですもの」

そうではなくてと言葉をつないだが、なんだか応じることに疲労感を覚えた。すると真琴はまたごめんなさいと謝り、分厚い下唇を少しだけ嚙《か》んでみせた。

「失礼な話をしてしまいました」

「あなたはどう思うの」

真琴は突然の質問に、わたしですかと逆に訊いた。

「人のことを言うのは厭《いや》ですよね。それも自分で確かめなくて。今、すごく恥ずかしくて落ち込んでいるんですよ」

明るい顔にふと翳《かげ》りが走るとき、彼女は一番美しかった。まだ短い人生だが、どんな生き方をしてきたのだろう。わたしがその視線と出会ったのは、半年前のことだ。それまでは彼女の存在もよく知らなかった。

講義が終わり、研究室に戻ろうとしていると、踊り場で女性がぼんやりと突っ立っていた。こちらの姿を目にすると、背中を向け、通りすぎるのを待っていた。泣いているようにも見えた。それでおもわず声をかけたのだ。

「なんでもないんです」

なにもないのに涙を拭うわけがない。

「人の目につきますよ」

それにこんなところで泣くのも尋常ではない。情緒不安定な学生なら、反対に放っておくわけにもいかない。実際、感情を乱している学生も多い。精神不安定で医務室や学生相談室を、彼女たちは訪ねている。数日前にもある学生が突然講義中に倒れた。なにごとかと思っていると、体を硬直させ、そのうち震えだした。教室は騒然となり、わたしはすぐに保健師を呼びに行かせた。過呼吸だった。医務室で休んでいると元に戻ったが、そのときのことが記憶に残っていて、彼女もその一人ではないかと勘繰ったのだ。

「具合でも悪いの?」

「違います」

涙をこぼしていたが、気は確かなようだった。それで関わるのをやめ、再び階段を上がろうとすると、彼女はまた背中を向けたまま佇《たたず》んでいた。わたしは少しだけ不自由に階段を上がる後ろ姿を見られている気がしたが、彼女が顔を背けていることに安堵した。

いつもはなにも気にしないのに、なぜそんな感情が芽生えたのだろう。わたしはすでに國分真琴の美しさに、心を奪われていたのだろうか。

階段の途中までできてその後ろ姿を見つめた。心に引っかかるものがあったのだ。それがなにかわからなかったが、ほかの学生には感じない大人の匂いを意識させられた。短い髪。そこから見える白い項《うなじ》。そして大きな瞳から流れた涙。なぜ泣いているのかという疑問がまた浮かんだのだ。

わたしは心のざわめきを覚えたが、そのまま研究室に戻った。だが心の高揚はすぐには収まらなかった。

再び講義が始まり、階段を下りていくと、彼女の姿はもうなかった。あの光景はなにかの間違いではなかったのか。しかし足下のタイルは濡れていた。やはり泣いていたのだ。涙を拭いた後の澄んだ瞳が、わたしの心から離れなかった。

そして次の週になると、彼女は姿を現した。教室の最後列にいて授業を聴いていたが、前列の男子学生の陰に隠れるようにして、顔を上げないでいた。

わたしと一度も視線を合わせようとはしなかった。この講義を取っていたのか。そのことにはじめて気づいた。わたしは単純に嬉《うれ》しかった。おかしな人間だ。そう思ったが心が弾んでいるのを愉しんだ。

やがて講義が終わると、後を追いかけてきて、この前は申し訳なかったと謝った。どうかしていたんです、と腫れぼったい唇をゆるめた。ちょうど一週間前と同じ階段の踊り場だった。

「そういえばここだった」

「恥ずかしい」

わたしは笑って応じただけだった。どう言っていいのか言葉が見つからなかったのだ。それに彼女を傷つけてはいけないという感情もあった。

「やさしいんですね」

「人に無関心なだけかもしれない」

本当はもっと人と関わりたいのかもしれない。それができないのだ。病気なのは学生よりも、わたしのほうかもしれない。

「人に配慮するというのは、やさしさでしょう。人間だけが持つ特権だと誰かが言っていましたよ。逆に無関心というのは、犯罪者なんですよね」

やさしさのことはわかったが、無関心がなぜそうなるのかわからなかった。

「弱い者と強い者が喧嘩《けんか》をしていたとするでしょう。すると強い人がだいたいは勝ちますよね。それを黙って見ている人は、本当は強い人の味方をしているということになるわけでしょう？　勝った人が、そのうち暴力で自分の思うようにしてしまうし、無関心だった人が後で気づいても、もう手遅れということにもなります」

その説明を聞いてようやく合点がいった。もっともな話だ。

「恥ずかしいのはぼくのほうだ」

「どうしてですか」

「そんなことも気づこうとしなかったもの」

「正直なんですね」

どうだろうと応じて改めて真琴を見つめ直した。一週間前と違い、表情は晴れ晴れとしていた。

「誰に教わったの」

「おじいちゃんかな。母方の」

彼女はそのときだけ目に頼りなげな光を走らせた。

「偉いおじいちゃんだ」

「人生は言葉を探す旅なんですって。懸命に生きないと、その言葉も摑《つか》めない。自分の摑んだ言葉によって、わたしたちは生きていくんですって」

多分、それは正解だ。わたしもあのジャン神父の言葉によって心を動かされた。そして今がある。

まだ生きる指針になる言葉は見つけていないが、あの神父の言葉は心に残っている。聖書の言葉や自分が生きてきた家庭で捉えた言葉かもしれなかったが、彼の言葉はいくつも耳の奥に残している。

しかしあの神父は女性と奔走した。いったいどういう心の変化があったのか。聖書の言葉を熟知し、その言葉に沿って生きていた人物だ。自分が信じていた言葉すら投げ棄《す》て、若い女性と逃げた。

彼はいったいなにから逃げたというのだろう。逃げたというなら、自分が信じていた神からではないのか。

今でもその神を信じているというのか。それともすでに棄教したとでもいうのだろうか。わたしはふとそんなことを考えて、真琴を見返した。

「立派なおじいちゃんだね」

「そう思いますか」

真琴の表情が一段と明るくなった。

「思いますね」

「素敵なおじいちゃんだった」

それだけの言葉を孫娘に伝えられるだけでも、その人物が自己に厳しく生きている人間だとわかる。

「言葉は過去にも未来にも行けるし、わたしたちの人格さえもつくり上げてしまうんですって。だから人の悪口も言ってはいけないし、嘘をついてもいけないということになるんですって。先生もそう思いますか」

わたしは答えを求められてためらったが、本当にそうなのかと問い返していた。だが応じられるほどの解答は持っていない。

彼女の祖父よりも厳しい生き方をしてきたわけではないし、真剣に生きることを考えて生きてきたわけでもない。ただ穏やかな人生を手に入れたいと願って生きてきただけだ。その結果が今の立場だ。もっと別の生き方を選んだとすれば、どんな人生が待っていたのだろう。

いつも生きあぐねていた気がする。臆病で小心者。それがわたしの性格だ。人はおとなしい人間だと言うがそれは間違いだ。わたしにも不安や焦燥はある。その感情が心から消え去ることはない。

母と二人で生きてきたが、常に湧き上がるその感情を押し戻して生きてきた。それが生きる道を狭めてきたのではないか。老いていく母のことを意識し続けている。

そうしたところでどうなるものではなかったが、気がつけば思案していた。マザコン。その言葉が脳裏をよぎることが度々あった。苦労かけたことを思い浮かべると、心が痛むこともある。

母親というだけで女を棄てて生きてきたのだ。あなただけだから頑張れたと言ったが、あの言葉は本心だったのだろうか。志は夢を叶《かな》えるとも言ったが、あの言葉は、彼女が苦労の末に手に入れた言葉なのか。

「多分」

わたしは老いた母の姿を思い出し、曖昧に答えた。

「よかった」

真琴は頬をゆるめた。表情の豊かな女性だ。それだけ感受性が豊かなのかもしれなかった。

「そのおじいちゃんが亡くなったんです」

「いつですか」

「先週のあのとき」

そうだったのか。それで泣いていたのか。

「恋人にでもふられたのかと思っていた」

「そうではありませんよ」

祖父に可愛《かわい》がられて育ったので、哀しくてしかたがなかった、ずっとおじいちゃんと暮らしていたから、涙が止まらなかったと言った。その祖父は戦争がもう少し長引いていたら、間違いなく死んでいたのだとも言った。

「知覧《ちらん》特攻隊って知っていますか」

「鹿児島の？」

「二度もそこに行ったことがあります。死んだ人たちの写真や、突撃する写真を見ていると、すごく怖くなったんですけど。おじいちゃんはそこに行くと、いつも泣いていました。おじいちゃんも怖いのだと思い、二人で泣いていたんですよ。そこの生き残りだったんです、おじいちゃんは」

真琴は訴えるように言った。

「本当に？」

「戦争はよくないですよね」

それはわたしも同感だった。そんなことを口にする学生は少ない。彼らの中には、日本がアメリカと戦争をやったことを知らない者もいる。ゲームの中での戦争のほうが現実なのだ。

「わたしは厭」

「ぼくもだね」

人間は孤独だ。孤独というのは淋《さび》しいということだ。その淋しさを癒《いや》して生きるのが人間のはずだ。苛《いじ》めや差別がいけないのも、その孤独に生きている人間を、もっと淋しくさせるからだろう。その最たるものが戦争ではないか。

親や恋人を失い哀しみの底に陥る。喜ぶ者は誰もいない。仮に一握りの人間が、多くの人々の犠牲の上にあったとしても、それがなんの役に立つというのだろう。

周りは悲惨な状況なのに、自分だけが欲得を手に入れる。それを本当の幸福と感じられるのだろうか。それならば懸命に生きた母のほうが、苦労をしても幸福な気がする。

「あちこち戦争ばかり。そのうち世界中が戦争の跡地になってしまうんじゃないですか」

唐突にそんな感情を走らせていると、真琴が現実に戻してくれた。

「そうかもしれないなあ」

わたしは彼女のものの見方に感心していた。祖父の影響なのだろうか。

「ぼくの母方の祖父も戦争に行ったよ。シベリアに抑留されて、辛うじて帰還したんだけど」

あの祖父は真琴の祖父と違って、戦争のことを口にすることはなかった。その重い沈黙が、戦争の傷の深さを意識させた。無口だった人間が、もっと口数の少ない人間になった。

あの人は田舎では珍しいクリスチャンだったが、帰還後、教会に行くことはなかった。信じていた国がどうして原爆を投下したのか。戦争をやっているのは、キリスト教の国ばかりではないか。一度だけ怒ったように呟《つぶや》いたことがあった。

亡くなるまで戦争の影を背負って生きたが、生きながらえたというだけで幸福だったのだろうか。生きている間が人間だから、お迎えがくるまで生きるしかないとも言ったが、返す言葉を持っていなかった。なにをしゃべっても届かない気がしたのだ。

わたしには大変やさしかったが、それはこちらが脚を不自由にしていたからではないか。やさしさは弱い者に向けるものだろ？　それが戦争になると、そういった人たちから先に被害に遭う。人間の起こす最も大きな罪は戦争だろ？　おじいちゃんたちみたいな直接戦争をした者だけではなく、誰もが悲惨な目に遭う。彼はそう言ったが、戦争のことよりも、やさしさは弱い人間に向けられると呟いた言葉だけが、今もわたしの心の中にある。人間は記憶で生きている動物だから、わたしはあの言葉を憶えているし、祖父は戦争のことを死ぬまで憶えていたのだ。

「先生はクリスチャン？」

「違うけど」

わたしがそんな見方をするようになったのは、あの神父のせいだ。彼を信じたからこそ言葉が心に届いてきたのだ。

だがジャン神父は自分が摑んだ言葉が無力と感じたのだろうか。自ら煩悩と愛欲の海を泳ぐことを望んだのだろうか。強い戒律に縛られて生き、疑念を抱くわたしに、神の存在を真剣に伝えようとしたが、今はどんな思いに取りつかれているのだろう。

アーメンという言葉はメシアのおっしゃる通りにすること、南無《なむ》という言葉も仏に恭順することだと教えてくれた。それで南無阿弥陀仏という言葉が、阿弥陀仏に帰依することだと知った。

知識の豊富な人物だった。その知識と神の存在を決して疑わない強固な精神は、たった一人の女性によって瓦解したというのか。

「突然の電話で動揺してしまって」

「ぼくは見なかったことにしましょう」

わたしは彼女の心を解《ほぐ》したかった。いい思い出が人間を豊かにしてくれるはずだ。わたしにとってのあの神父もそういう人物だった。たった一人の友、たった一人の女性、そしてたった一冊の書物と思い出、それを得るだけでも、わたしたちは懸命に生きなければいけないと言ったが、その真摯な生き方を神に捧《ささ》げていたのだ。わたしにはできないことだった。だから崇拝していたのだ。

「でも見てしまったもの」

「では忘れましょう」

目を閉じれば哀しみに沈んでいた彼女の表情が見えてくる。一番美しいものを見るのは目を瞑《つぶ》ることだ。逆にそうではないものを見るのは、目を開けて現実を見ることだ。人目を忍んで泣いていた真琴の姿は美しかった。

そしてわたしはできることなら目を閉じ、瞑想《めいそう》や妄想の中で生きたかった。現実は知らなくてもいい。見なくてもいい。穏やかな心で生きたかった。

しかしそうできないことはわたし自身が一番知っていた。不安や焦燥が絶えずさざ波のように心を走り抜けるのだ。

ひょっとしたら病気なのか。他人との軋轢《あつれき》を拒み、一人で生きていく孤独を、孤立と自分に嘘をつき日々を送っている。だからまっすぐに生きているように見えたジャン神父の生き方が、思い出されてしかたがないのだ。

「講義もこれからは出ますね」

「それは嬉しい」

なんでもない言葉でも相手の素直な言葉であれば、聞いたほうも温かい気分になる。わたしはもっと真琴と話したい感情があったが、いつまでも立ち話をしているわけにもいかない。それに教職員や学生の視線もある。

「変人じゃないんですよね」

真琴の言葉に、わたしは人差し指で自分の顔を指した。相手は目元に笑みを走らせていたが、視線を外さず見つめていた。

「自分の性格は、背中に糸くずやシャツが出ていても、気づかないのと一緒じゃないかな。人に言ってもらわないとわからない」

「きっと変人じゃないのかなあ」

そう言う真琴の依拠しているものがわからなかった。本当はそうなのかもしれなかった。自分の性格は他者が決めるものだ。

「だろうね」

「認めるんですか」

「しかたがないもの」

それに人がどう思おうと自由だ。わたしが取り消すことはできない。

「抵抗しないんですか」

「そうする理由もないもの」

「ひょっとしたら先生はずるい人なのかもしれない」

それも当たっている気がする。なにごとに対しても立ち向かうエネルギーが、わたしには不足している。

「草食人間なのかしら?」

「どうだろ」

「そのほうがいいんですか」

それがどういう意味だか理解できなかったので、それ以上話を続けなかった。わたしが少し堅い雰囲気を醸し出したのを察知したのか、真琴も黙っていた。

やはり勘の鋭い女性だった。それでその場は別れたが、それから講義にはよく出席していた。授業は聞いているのかいないのか判然としなかったが、眠る気配はなかった。

4

わたしが息苦しさを感じて再び窓硝子《ガラス》を開けると、真琴もソファから立ち上がって、遠くの景色に目を向けた。三月の風はまだ冷たかった。

「あれは高層ビルでしょう。すぐ近くなんですね」

わたしの体は火照《ほて》っていた。それは暖房のせいではなく、彼女の若い熱気が伝わってくるからだ。

窓を開けたのも、沈殿する空気を換えたいという気持ちがあったからだ。それほど真琴を意識していた。どうかしている。いったいなにがそうさせているのか。

ジャン神父もこういう気持ちを芽生えさせていたのではないか。自分の中に眠っている感情が、彼女に向かって走っているのだ。わたしは真琴を異性として見ようとしているのではないか。まさか？　心の内側で呻《うめ》くように呟《つぶや》いた。すると苦い感情が腹の底から込み上げてきて、軽い目眩《めまい》を覚えた。

「寒くないんですか」

わたしは自分の気持ちを見透かされた気分になり、窓の景色にまた視線を投げた。

「さっきの話なんですけど。進めていただけませんか」

「どうしたものだろう」

「ずるい」

真琴は頬を膨らませてわざとすねた素振りを見せた。

「二人だけではね」

「だから愉《たの》しいのに。いい思い出づくりになるかもしれないでしょう?」

「そういうために行くんじゃないもの」

「おじいちゃんがどんな気持ちで生きていたか知りたいんです。神社って魂を鎮めるところでもあるんでしょ? 供養にもなる気がするんです。おじいちゃんのことは、わたしがどんな生き方をしたとしても、わかりっこない、勝てっこない気がしているんですけど、少しはわかるんじゃないのかと思って」

真琴の言葉には伝えようとする感情があった。それでもわたしは返答をしなかった。それが研究という名目であっても、許されるはずがない。

確かに彼女の祖父やわたしの祖父の思いは、わたしにもわからない。戦争が最大の暴力であることも、心身の自由を奪い、なにもかも束縛してしまうことも知っている。真琴の祖父もその犠牲者の一人ということになるが、時間を戻すことはできない。

またそうできたとしても、自分の描く幸福が待っているとは思えない。つらいことも哀《かな》しいことも、思い出は懐かしさを伴って現れてくるときがあるが、それが祖父にはないということではないか。

わたしの祖父は最後までアメリカとは戦争にならないはずだと信じていたが、そうはならなかった。そう信じる根拠は、戦っても必ず負けるし、自分が信仰するキリスト教の国の人々が、自分たちを悲惨な目に遭わせるはずがないと思い込んでいた。

だがその中に組み込まれてしまった。その上、原爆まで投下された。家業も潰れた。どこが博愛主義で、どこが人類愛だと怒ったのだ。彼が戦後、棄教したのもわかる気がしてくる。

わたしはそんなことを思いながら、またあの神父のことを思い浮かべたが、信じた神と好きになった女性の狭間《はざま》で、どんな生き方をしているのか。悩めば苦しむ。苦しめば幸福を感受できない。あの二人は人生にどう折り合いをつけて生きているのだろう。

「行ってみましょうか」

わたしは唐突にそうしゃべっていた。真琴の表情が急に華やいだ。予期せぬことだったのだ。そしてそのことを一番感じたのは、わたし自身だった。なぜあんな言葉を呟いてしまったのか。彼女の熱のある言葉に負けたというのか。

「本当ですよね」

真琴は頬を上気させている。彼女にもわたしの言葉は驚きだったのだ。人生にははずみというものもあります。なにがあっても受け入れるのが人生です。神はわたしたちを必ず救ってくれます。神を信じましょう。神の言葉を信じましょう。あの神父は今でも神の言葉を信じているというのか。懺悔《ざんげ》し、悔い改めたとしても、わたしたちの懊悩《おうのう》や煩悩は消え去ることがあるのだろうか。

わたしは真琴への返答に邪心が混じっていることを悟った。そしてまた恥じた。自分が深い懺悔をする姿が見えたのだ。神がほくそ笑んでいる。しかしその焦燥も目の前にいる真琴の笑顔に、すぐに消滅してしまった。

わたしはどんな人間なのか。こどもが上手に積み上げた積み木を、また勢いよく壊してしまう気持ちとよく似ている。臆病なくせにいつもなにかに抗《あらが》いたい気持ちがあるのだ。なにもかも打っちゃって、自分の思う通りに生きてみたい。そんな衝動に駆られるが、もとよりそんな人生があるとは思えない。生きていけないことも知っている。

だからこうして教職を得たときには安堵《あんど》したのだ。高邁《こうまい》なことを思案しても、あるいは学生たちに諭すように教えたとしても、それは机上のことにしかすぎない。

知識は経験と書物から得られるが、わたしにはその経験が乏しい。言葉が身についていないのだ。目の前で耳を傾ける若い学生のほうが、本当は重い経験をして、物事に透徹している者もいるはずだ。

真琴もその一人かもしれなかった。彼女は父の顔を知らない。母親は寺の一人娘で、祖父と二人で寺を守っていた。それで祖父が真琴を不憫《ふびん》に思い、殊更に目をかけてくれたのだ。

彼女はあの祖父のおかげで、家族や血族のことを考えさせられてよかったと言った。祖父の死後、母が跡をやっているが、そのうち自分が継ぎ、婿養子を取るようになるかもしれないとも言った。

真琴は継ぐのは厭《いや》だと言い切った。もっと自由に生きてみたい。なににも束縛されずに、自分で人生の設計図を描きたいというのが、真琴の願いだった。しかしそれが許されないのも知っていた。

「母はカトリック系の学校に行っていたんですよ。寺の娘がおかしくはありませんか？　どうしてそうなるのかわからない、信じられない。きっとあの人はなにも信じていないし、おじいちゃんのような哀しみもないんですもの。ただわたしのことを考えて、ずっと未亡人なんですよ。美人だから再婚の話はいくらでもあったんでしょうけど、お寺を守ってくれたんです。そのことを考えると、憂鬱の種ですよ」

それからふと小さな溜《た》め息を洩《も》らした。やはり寺のことが気になっているのだ。

「運命ってあるんですか」

真琴は急に真剣な眼差《まなざ》しを向けた。

「どうなんだろ」

「あったほうがいいのかしら、それともないほうがいいのかしら」

「ないほうがいいね」

そんな人生があるとは思えない。目に見えない糸で操られているのかもしれないが、あると思えば、生きることに立ち止まってしまう。そう思えば夢も希望もなくなってしまうのではないか。大学の中で些細なことを思案して生きているわたしにも、生きる希望はある。

職を得て、つつがなく生きることができるようにもなったが、本当にこれでいいのだろうか。むしろ不安定な生活の中で生きていたときのほうが、緊張感もあった。うまくいかないほうが、生きる手応えがあると言った母の言葉を実感するが、ではほかにどんな生き方があるのか。

わたしが真琴に思いもしなかったことを口走ってしまったのも、緊張感を求めていたからではないか。心のどこかにそんな感情があったのではないか。いやそれだけではないかもしれない。

すでに真琴に心を奪われていたのだ。どこかに精神の不安定さがある。祖父に可愛《かわい》がられたというが、もっと母や父に見てくれと訴えていたのではないか。

母親に慈しんでもらったとしても、やはり男親の愛情がほしかったのではないか。その気持ちはわたしにはわかる。わたしも母子二人で生きてきたのだ。

母の目を気にして小心者に育ったのではないか。彼女は夫と死別したが、彼がいない生活を諦めることができなかったのではないか。母がふと見せる影は、こちらを息苦しくさせた。そしてその憂いを含んだ頼りなげな瞳に、動揺し続けていたのだ。

わたしも真琴と似た環境で生きてきたのだ。彼女がどういう気持ちで日々をすごしてきたか理解できる。母親はこどもの顔色を窺《うかが》い、こどもは母親の心の動きを気にしながら生きてきた。

それに真琴は継がなければいけない寺もある。婿養子を取らず廃寺にすれば、自分たちの生活もままならなくなる。本当は東京で生きていきたいが、そうできないことは彼女自身が一番知っていた。

守るべきものがなかったわたしとは違うが、郷里にいる老いた母のことは、脳裏を離れることがない。たった一人だけの身内だ。煩わしさから身をかわすことばかり考えて生きてきた。家族を持つという生活を深く考えることもなかった。一人で生きて一人でこの世から去る。それでいいと思っている。

いや本当にそうだろうか。ひょっとしたら、自分を誤魔化して生きることに慣れているのではないか。あれこれと思案をすることはあっても、心の奥底を覗《のぞ》こうとはしない。

いつも逸《そ》らしてしまうのだ。母のせいにしたり、生きる環境のせいにしたりしてすごしてきた。なにも行動ができない人間になっているのではないか。

自宅と大学を行き来し、帰りに一人で酒を飲む。気が向けば近くの神社や名所を見て回る。ただそれだけのことだが小さな発見がある。神社の祭神を知れば、そこがどんな土地か、どんな人々が生きていたか知ることができる。

宗像《むなかた》神社があれば、そこに水辺で生業《なりわい》をしていた人々がいたとわかるし、金山《かなやま》神社があれば、鍛冶集団や鉱物を掘り出す人々がいたとわかってくる。神社の主祭神が氏族の守り神になっているのだ。

どれもこどもの頃からの一人遊びの延長のような気もするが、心は満たされる。真琴と親しくなって、そんなことをしゃべるようになったが、彼女はエゴイストだと一笑した。風景や動物には目が向くが、人間には向かわないのだ。それとも自閉症？　と真面目な顔つきで訊《き》いたが、今のわたしは愉しい。

真琴と顔を合わすというだけで心が高揚してくる。もし心が満たされ、充実することを幸福だとするならば、わたしは間違いなく幸福の中にいた。

その真琴がある日、恋愛なんかしたことがないのかとからかった。否定はしなかったが、わたしにだって苦い思い出はある。もう二十数年前の大学院生だった頃だ。もっと語学の勉強をしたいと考え、語学学校に通っていた。

苦労かけた母には申し訳なかったが、学問の世界に身を投じたいと悩んでいた。あのジャン神父の影響があったからだ。それまでは漫然と生きていたが、はじめて自分の将来が見えた気がした。あの神父のように生きる指針となる言葉を摑《つか》みたい。そういう気持ちが強くなった。

戻ってくれるものとばかり思っていた母は、文部省は学校を出ても、帰るところのない親不幸な人間ばかりを増やすと言って、ながい沈黙をつくった。わたしはその言葉の意味を理解したが振り切った。そうして今日の生活になったのだが、あのまま郷里に戻っていたら、自分の人生はどうなっていたのだろう。

当時、わたしには一人の友人がいた。将来は作家になりたいという人間だった。その男は快活で陽気な人物だった。

出会ったのはわたしが帰省の途中に足を延ばし、金沢に立ち寄ったときだった。その土地に漠然とした憧れを抱いていた。文学者も多く出て、どういうところかと興味を抱いていたのだ。

その頃のわたしは帰省するときに、よく途中下車をして京都や奈良を散策した。知らない土地を歩くと心も解放され、清々《すがすが》しい気分にもなれた。

その愉しさは少年時代、叔母に会うために出かけた自転車旅行ですでに味わっている。それが自分の人生の起点になっている気もしたし、誰一人知らない土地を歩いていると、逆に生きているという実感があった。

米原《まいばら》で北陸本線に乗り換え、琵琶湖《びわこ》や日本海をながめながら金沢に入った。駅近くの旅館で一泊し、徳田秋声《しゅうせい》や室生犀星《むろうさいせい》の足跡を訪ねた。

その後、ぼんやりと浅野川の川辺を歩いていると、一人の若者がこちらを見て笑みを浮かべていた。その視線がいつまでもわたしのほうに向けられていたので、おもわず振り返った。誰かの間違いだと感じてそうしたのだが、相手の親しげな表情は残ったままだ。

「きみも文学が好きなの?」

相手は突然声をかけてきた。

「本を読むのは好きだけど」

「読書という意味がわかるかい?」

わたしは返事に詰まった。それに見ず知らずの男に、問いかけられるのもいい気分ではなかった。心の底にすぐに応えられなかったという恥ずかしさもあった。

「知らない」

わたしはぶっきらぼうに答えた。

「今、ぼくたちが使ったり、しゃべったりしている日本語の多くは、西周《にしあまね》や福沢諭吉、中江兆民《ちょうみん》らの明治の知識人たちが、文明開化とともに外国の文化が入ってきて、それらのニュアンスを捉えて、翻訳、意訳したものだろ? 夥《おびただ》しい数の日本語が増えたというわけさ。読書というのもそうじゃないかな。こどもの頃の夏休みや冬休みに、本を読んだり、経験したことを書かせるだろ？　それはなぜかというと、読ませるだけでは駄目で、書くことによって、自己を見つめさせるということなんだ。だからどちらもやらなければいけないということ。お年寄りが学校に行っていなくても、賢いと言われるのも経験があるから。こどもがそう言われるのは本に親しみ、疑似経験や自分との違いを見つめるから賢いと思われるんじゃないか。ぼくはそう思っている」

相手は朝倉駿介《しゅんすけ》と名乗った。わたしは妙な男だと訝《いぶか》しんだ。そんなことを会ったばかりの人間に話して、なんになるという感情も湧いた。

「どう思う？」

「なぜぼくにしゃべる？」

「今日はまだ誰とも口をきいていないからね。それにきみとは文学館でも、そこの記念館でも出会った。興味があるのかなという気がして」

「ぼくはただの旅行」

わたしがそう応じると、こちらの姿を改めて見直した。

「それにどこかで会った気もする」

「ないね」

「そう構えなくてもいいじゃないか」

相手はまたそうかなあと呟いて見直した。わたしには心当たりはない。あったとしても、こんな生意気人間とは関わりたくない。饒舌《じょうぜつ》で、知識をひらけかす男は好きではない。

「じゃあ、失礼するよ」

「少しはおしゃべりをしてもいいんじゃないか。きみも急いでいるふうでもないし」

「どうしてわかる?」

「歩き方でわかるさ。お上りさんみたいだもの。あちこちをうろついて。もっともぼくもそうだけど」

朝倉は目鼻立ちの整った端正な顔つきをしていた。

「よけいなお世話というものじゃないか」

「間違いない」

「それじゃあ、本当に失礼」

「一期一会ということもある。ぼくはこの広い金沢で、知り合ったのはきみ一人さ」

だからといって知らない人間に話しかける道理はない。ただ人恋しくなっているだけではないか。そうだとしたら旅なんかしなければいい。

わたしは再び浅野川沿いを歩いた。朝倉はベンチに腰かけたまま煙草《たばこ》を吸っていた。せっかく声をかけてくれた相手に、つっけんどんにしすぎたかという気分も芽生えたが、涼しい川風が舞い上がってくると、朝倉の存在もすぐ忘れた。

やがて橋を渡り、川の反対側を見ると、すでに朝倉駿介の姿はなかった。なにも高飛車に弾く必要もなかったかと反省したが、はじめからあんな物言いをするからだと気持ちを宥《なだ》めた。それからどこに行こうかと狭い家並みの路地に入ると、四辻《よつつじ》から彼の姿が現れた。相手は小さく手を挙げて照れくさそうににやついた。走って先回りをしたようで息が切れていた。

「脚を怪我しているのか」

不愉快な奴。わたしは応えなかった。なんの疑いも持たず、訊かれたのははじめてのことだった。人はそういうふうに見えているのかというおもいになった。

「ごめん」

こちらの雰囲気をすぐに察知したのか、相手は屈託なく口元をゆるめた。それでもわたしは返答をしなかった。

「過ちを犯したことではなく、改めることのほうが大切なんだよな」

相手は他人事《ひとごと》のように言った。

「よけいなお世話さ」

「きみが曲がるのを見ていたのさ」

「つきまとうのが好きなのか」

「まさか」

「でも同じ行為じゃないか」

わたしはわざと薄ら笑いを浮かべてやった。

「きみが男でも？」

「気味が悪い」

「そう怒るなよ。短気なのか」

朝倉は不愉快そうに言った。

「そんなことを言われたのは、きみが最初だ。脚が悪いということも」

「まあ、気にするなよ」

「それにお節介というもんだろ」

相手は小馬鹿にするように弱い笑みを見せた。わたしは今し方無下にしたことを恥じたが、そう感じたことを逆に後悔した。

「この金沢の街には西田幾多郎《きたろう》も鈴木大拙《だいせつ》もいる。二人は第四高等学校の同級生だったんだぜ」

「知っているさ」

だからわざわざやってきたのではないか。その空気を吸ってみたかったのだ。それこそお節介というものだ。自分が抱いている夢が壊れるではないか。

「当然だよな」

朝倉は向けた視線をずらさなかった。彼の言葉遣いには訛《なま》りもなく、少々乱暴な物言いだったが垢《あか》ぬけていた。金沢の人間ではない気がした。

「この街の出身？」

そのことが気になったのでおもわず訊くと、朝倉の表情がもっとゆるんだ。

「ようやくだな」

「なにが？」

「きみが訊き返すのがさ」

「大したことはない」

朝倉はぼくには大ありだと言った。その言葉の意味がわからなかった。

「ずっと無視されている気がしたからね」

「寄ってくる人間は警戒しなくちゃ」

「ずいぶんと臆病なんだな。それで一人旅もやるというわけ？」

わたしはまた後悔した。やはり口なんかきくんじゃなかった。再び不快な感情が走った。

「そういう見方も迷惑な話だ」

「簡単に人を決めつけるのはよくないな。謝る」

朝倉は素直に詫《わ》びた。気が張っていたわたしは途端に拍子抜けして、次の言葉が出てこなかった。

「ぼくは東京から。きみは?」

「そうだけど帰省の途中」

「それだけ?」

「ほかになにかある?」

わたしはからかうように訊いた。

「これからどっちに行く?」

朝倉はこちらの言葉には応えず、別のことを訊いた。

「きみに言うことでもないだろ」

「実はきみのことをようやく思い出したよ。ずっと気にかかっていたけど」

わたしはなにを言い出すのかと思った。こんな男なんか知っているはずがない。見つめ返しても記憶に引っかかるものはなかった。

「ジャン神父を知っているだろ?」

朝倉は親しみを込めて訊いた。

「なぜ知っている?」

わたしが旅好きになったのが、こどもの頃に松江まで行ったことが大きな要因になっているが、もう一つの理由はあの神父のおかげだ。その神父の名前が突然出てきて動揺した。

「居酒屋だったと思う。彼が何人かの人たちに囲まれていて、愉快そうにワインを飲んでいた。それできみがその輪の端にいて、彼の話に耳を傾けていたな。ただそれだけの光景だったので、よく思い出さなかった」

朝倉は念を押すように言ったが、それでも記憶は戻ってこなかった。

「きみはどうしていたのさ」

「ぼくがなかなか思い出さなかったのは、途中で失敬したから。あの日、もう一つ知り合いと会う約束をしていたからね。それにぼくは、女性の友人に連れられて行っただけだから。外国人なのに、日本のことをよく知っている人だった。日本はやはり変な国なんだな。教養もない神道を宗教にしたのも戦後のことで、ＧＨＱが最終判断をしたと聞いたときには、本当かなと疑ったよ。日本人のぼくらは、そんなことをほとんど知らないんだから。それで調べてみると、本当のことだった。あれはカルチャーショックだったね」

確かにあの神父は話していた。クリスチャンだったがそのことを非難するふうでもなく、また認めないという口調でもなかった。聖書だってキリストが書いた言葉ではないが、彼らのことが書かれているから、人格も歴史も生まれるのだと言った。

そして歴史の歴という文字は物事をはっきりと、つまり歴然とさせることであり、史は文章のことだと言った。文字が書き残されていなければ、神話や民話、伝承や伝説になると言った。その文字は人間が書き残すから誇張も嘘《うそ》もある。だから発掘調査をやり、その物的証拠と書かれていることが合致すれば、はじめて歴史になると教えてくれた。

しかしいずれ誰もこの世にいなくなる。残された文字だけが独り歩きし、あたかも真実だと思ってしまう。聖書もそういうところがあるが、あの神父は神の存在を信じていると物静かに言った。

それからジャンという名前は、古代へブライ語で神は慈しみ深いという意味だ、ドイツ語ならヨハン、イタリア語ならジョバンニになると言った。

そのことを朝倉駿介も知っていた。すると彼もあの輪の中にいたということか。いくら思い浮かべても、朝倉の姿は見えなかった。

「あの頃はまだ髪が短かったからね」

長髪の相手はこのくらいだというふうに、耳の脇に指先を当てた。あっとわたしは声を上げた。こちらから一番遠い席で、絶えず煙草を吸いながら話を聞いている男がいた。彼だけがスーツを着て、ネクタイを締めていた。

そのことを言うと、朝倉は照れくさそうにながい髪を撫《な》でた。目の前の相手はジーパンを穿《は》き、紺色のシャツの胸のポケットにサングラスを忍ばせていた。まるで別人ではないか。思い出すはずがない。

「ずいぶんな変わりようだ」

「世の中も人間も変わるさ」

わたしはジャン神父の話が出て、急に朝倉駿介に親しみを覚えた。彼は自分がその席に出たのは誘われたからだし、愉快で、知識の豊富な神父だったからおもしろかったと言った。

「カトリック信徒？」

「ぼくは違う」

朝倉はわたしの表情を探るように見つめた。

「だったらきみは？」

「まったく信心深くない。ただの仏教徒」

わたしはようやくはっきりと笑うことができた。ただの仏教徒という言葉が愉快だったのだ。

「それにカトリックというのは普遍的なものという意味だろ？　そんなものが世の中にあると思うかい？　物事の根底にはそういうものがあるとしても、人の感情は玉虫色だからね。理性よりも感情が優先する動物さ」

相手は無意識に顎を上げた。だがわたしには嫌味に聞こえなかった。なにもかも変節していくのが世の中ではないか。変わらないものがあるとすればなにがあるのか。人間も草木と同じように老いて朽ちるだけのはずだ。わたしもまた若者にありがちな虚無感に捉われていた。

「きみもそうだろ？」

「だと思う」

「それにカトリックじゃないほうがいい。いつどうなるかわからないし」

わたしは相手が言っていることが飲み込めなかった。いつどうなるかわからないということはどういうことか。それにそんなことは当たり前ではないか。

父がああして亡くなったことも、若いのに老いさらばえていく姿を、母やわたしが想像できたか。できるはずがない。幼かった自分は、むしろその姿に畏怖し、呼ばれても近づこうとしなかったではないか。

父が哀しそうに、目尻に小皺《こじわ》を走らせた表情が忘れられない。あれからまもなく短い人生を閉じたが、その後のほうが彼の姿は鮮やかに蘇《よみがえ》ってくる。会えなくなってからのほうが、逆に身近に感じられてくる。

「仏教徒でいいじゃないか」

わたしは冗談を言ってやった。

「きみも案外とおもしろい人間かもしれないなあ」

「言っていることがわからない」

「どうでもいいなんて言っているくせに、あの仲間の中にいる。そのうち洗礼でも受けるんじゃないか」

わたしはただ知人に紹介されて出かけただけだ。その相手のほうが集まりに出なくなった。どうだかと朝倉は揶揄《やゆ》するように言った。それからぼくにはどうでもいいことだ、と呟いた言葉を取り消すように言った。

「知り合ったお礼に、一緒にご飯でも食べないか。もちろんぼく持ちで」

「ごちそうになる理由がない」

「堅物だな。そんなことでは生きていくのに苦労するぞ」

よけいなことだと突っ張ったが、朝倉はわたしの腕を引っ張り、近くの食堂に連れて行った。その後二人でジャン神父の話をしながら、結局はどこも訪ねることはなく、酒を飲みはじめた。

「山陰か。いいところなんだろ?」

朝倉はまだ行ったことがないと応じ、ラフカディオ・ハーンがいたところだ、あの人も親が離婚しているし、小柄で目も悪かったから、苦労したんだと勝手に解釈した。

わたしはよくものを知っている男だと感心したが、朝倉駿介のことはなにも訊き出さなかった。訊けば訊かれる。それにもう直別れるではないか。

悪い人間ではなかったが、物怖《ものお》じせず、自由に生きているように見える相手が眩《まぶ》しく映り、苦手な人間だと思い込んだ。配慮にも欠ける気がしたのだ。

また朝倉も自分のことはしゃべらなかった。専《もっぱ》ら金沢や訪ね歩いた土地や文学の話をしていた。東京生まれで、地方出身者のわたしのことを羨ましがった。

「訛りがないね」

「出雲《いずも》地方は東北弁と同じくらい癖があるけど、ぼくがいるところは、幕府直轄地だったからかもしれない。町から十五キロ先に石見《いわみ》銀山があり、土地の人間は誰もそう呼ばず、大森銀山と呼んでいる。中世には世界の三分の一の銀を産出していたみたいだ。小さな山《やま》間《あい》に二十万の人々が暮らしていたらしい。山陰の石見地方は大田、浜田、益田だけが石見三田《さんだ》といわれて、あとはみな平野の少ない山間部だけだよ。石見という文字も、古代に二文字の佳字《かじ》にしろというお達しが出て、硯という文字を上下に分けて、石見となったという言い伝えもある。近年は土地が貧しいから出稼ぎが多く、左官になる人たちが多い。石見左官などとも呼ばれている。寒村が多いところだからね」

わたしが酔いもあって郷里のことを話していると、朝倉はずっと聞き入っていたが、話を打ち切ると笑みを見せていた。

「なにかおかしいかい?」

「きみが気分よくしゃべっているので安心したさ。もっと無口な人間かと思っていた」

その言葉は愉快な言葉ではなかったが、酔いも回り、気分も大きくなっていたので聞き流した。

「それで」

「どうするか」

わたしはもったいぶって言った。愉快で笑みが込み上げてくるのがわかった。

「なにがおかしい」

「別に」

じゃあ、話してくれよと朝倉は言った。

「どうしようか」

わたしはまた笑った。

「根性が悪いのかい。そうは見えないけど。見立て違いをしたのかなあ」

相手も酔い、お互いの言葉遣いは滑らかになり、悪い気分ではなかった。だんだんと心も通い合ってきている気がしたのだ。

「それに大昔に須佐之男命《すさのおのみこと》や五十猛命《いそたけるのみこと》たちが、朝鮮半島から戻ってきたという場所もある。そこから須佐之男命は出雲の簸川《ひのかわ》を上がり、あの八岐大蛇《やまたのおろち》伝説が生まれた。地名も残っているし、砂鉄も簸川が先ではなく、そのあたり一帯が産地だとされている。百済《くだら》や新羅《しらぎ》の人間たちも入植している。今の歴史とは違う反対の歴史があるね。大陸に鉄を輸出するために、伊勢の安濃《あのう》、今の津に当たるところの人たちが多くやってきて、戦後まで安濃郡と呼ばれていた。そこの安濃津《あのつ》、福岡の博多、鹿児島の坊津《ぼうのつ》が古代の三大港といわれていて、安濃津の人々の海路を行く技術は大変に長《た》けていたらしい」

「それが本当なら発見じゃないのか」

「土地の人間は知っている。そこを大和が抑えて、鉄の産出地を手に入れた。伊勢の安濃の人々がきたのは、大陸に輸出するためだったらしい」

わたしは土地のことをしゃべっていると、だんだんと感情も高じてきた。酒の勢いも増して愉しくなってきた。

「おもしろい土地で、大和や朝鮮半島、出雲族の住む人々が地域ごとにいて、鉄を産出していたみたいだ。それぞれの部族の祖神を祀《まつ》る神社が今もあるし、海岸には鉄の残滓《ざんし》がいくらでもある。半島との貿易の拠点だったという伝説がある」

熱心に話し出すと相手も真剣に聞いていた。ただそれだけのことだったが、久しぶりに郷里の話をして、心が解《ほぐ》れていくのがわかった。

「羨ましいなあ」

「そうでもないだろ」

「こちらは東京育ちだからなあ」

「逆に羨ましいよ」

わたしは心底そう思った。東京は田舎者にとっては憧れの地だ。明るい光の下に集まる虫みたいなものだ。

「歴史がない」

「でも華やかさはある」

「家は四代も東京の人間だ。誰も故郷を持っているものなんかいない」

わたしには贅沢《ぜいたく》な不満のような気がしたが、朝倉はそうではなかった。

「だから出歩いているのかなあ」

「贅沢な悩みということにもなる」

わたしたちは同じ年齢とわかり、よけいに気安い感情を持ちはじめていた。

「東京の人間にはそこにいる淋《さび》しさもあるさ」

わたしは生活を切り詰めて仕送りをする母の姿を思った。ただ息子のことを思案し、できるだけのことをしてやろうとしている。親というだけで自己を犠牲にできるのだろうか。

「親というのは哀しい生き物さ」

「なんだよ、突然」

「ふとそんな気がしただけ」

「きみの言っていることは理解できないよ」

その後、酔って浅野川の土手を歩いたが、朝倉駿介とどこで別れたかも憶《おぼ》えていなかった。辛うじて名前を記憶しているだけだったが、ひょっとしたらまたあのジャン神父のところで会えるのではないかと考えた。

連絡先くらい聞いておけばよかったと後悔したが、会える手段はない、あの神父の元に集まっているどの人物と知り合いかと考えたが、それが誰かもわからない。

気にしてもしかたがないと北陸本線を上り、福知山で山陰本線に乗り換えた。そこから鳥取、倉吉と進み米子《よなご》に着いた。そこで伯備《はくび》線からの接続を待っていると、朝倉駿介が通路を歩いているのが見えた。

人違いだと思っていると、相手は白い歯を見せ手を挙げた。それでもわたしは信じられなかった。

「なんだか昨日話を聞いて、朝になったら急に山陰に行ってみたくてね。まさかここで会うとはな。もうてっきり戻っていると思っていたよ」

「どういうふうにきたの」

朝のホームには姿が見えなかったし、乗り換えの福知山駅でもそうだった。北陸本線から山陰本線に乗り換える者は少ない。いたとしたら目につくはずだ。

「金沢から米原に出て、岡山、そこから伯備線に乗った。実にいいところだった。きてよかった。昨日、きみに会って感謝だよ。それでこのまま松江まで入ろうかと思ったけど、ちょっと米子の駅前も歩いてみたというわけ」

特急や新幹線に乗り、先にやってきていたのだ。

「どういうふうにきたわけ?」

「北陸線から京都の福知山で山陰線に乗り換えて」

「いい旅じゃないか」

「それはこっちの言う台詞《せりふ》だ」

朝倉はそうかと呟いて苦笑いをした。実際、贅沢な旅をしている。酒も飲む。新幹線にも乗る。学生なのにどんな奴だという感情も湧いた。

「昨日の酒代はいくら？　気になっていたからちょうどよかった」

「あれは誘ったんだから」

「それではいい気分になれない」

朝倉は気にするなと受け取らず、二、三度、渡そうとするが押し返された。

「じゃあ、今度、東京に戻ったら、お返しをしてもらうというのはどうだ？　それならお相子ということなる」

わたしはそう言われてお金を引っ込めた。

「また会えるとは全然思ってもみなかった。いい旅行になりそうだ」

「実際はどこに行こうとしていたの」

「ぶらぶらとしているだけ」

「いいなあ」

わたしは素直に言った。自由気儘《きまま》で羨ましく思えたのだ。

「でも戻るところがあるじゃないか。ぼくにはない。人間も鮭《さけ》や鮎《あゆ》のように、生まれ故郷に戻ろうとする本能があるんじゃないかなあ」

「どうだろ」

わたしは首を傾《かし》げた。今まで考えもしなかったことだ。

「きっと匂いとか、景色とか、そこを離れるまで、脳や心に刻まれているんじゃないかなあ」

「どうだろ?」

「東京育ちのこっちには郷愁なんてないもの」

「母親が待っているからねえ」

「愉しみにしておられるんじゃないか。お酒を飲まなかったら、もう一日早く帰れたかもしれないのに」

朝倉は謝った。

「どうせこの時間になるのはわかっていたさ。金沢からでは列車の本数も少ないし」

列車から見える風景は、すでに闇の中に消えようとしている。中海《なかうみ》は空の色を映して、周りの景色よりも闇を濃くしていた。

「なにも見えなくなってきたねえ」

わたしが視線を投げていると、朝倉も気づいたのか似たことを言った。

「一人で待っているからなあ」

誰もいない家で母が柱時計を見つめている姿が見える。わたしの帰りを待っていてくれているのだ。明日は空けていると言ったが、息子が帰省するくらいで、そんなことをしなくていいと言うと、叔父とも用事があるとかわした。あれはきっと嘘だ。

「お母さん、一人？」

「二人だけ」

「お父さんは？」

わたしは亡くなったことを伝えた。

「反対だな」

「どういう意味？」

「こっちは父一人子一人」

朝倉の目が陰った。わたしは訊くことが憚《はばか》られる気がして、暗い夜空を見上げた。星はどこにもなかった。

「似ているな。母一人に子一人。子一人に父一人」

相手は歌うように言い、弱い翳《かげ》りを口元に滲《にじ》ませた。そうだなとわたしも言葉を合わせた。それから朝倉駿介は家族のことを話し出した。実家は不動産業をやり、父親は婿養子で、仕事を最優先する男だと言った。

二人で食事をするといっても都心で摂《と》ることが多い。そんなときも会社の人間がいることもあり、親子の会話も乏しいと呟いた。

わたしは賛同することもできないし、問いかけることもできなかった。父親が懸命に働くのは、婿養子だということも関係している様子だった。仕事が好きな人間なのだとも言った。

「こういう人間を信じるかい」

「結構いるんじゃないか」

わたしは気軽な受け答えをした。朝倉がそういう父親に、悪意を持っていないと勝手に想像したからだ。

「実際、そう思い込んでいたさ」

違うのか？　どういうことなのだ？　自分の思惑と違う気がして、わたしは相手を見た。朝倉は視線をずらした。

「きみはいいよなあ」

「言っていることがわからないな」

「お母さんを信用しているだろ？」

「一応は」

「それが妬ましいよ」

わたしは朝倉が言っていることが判然としなかった。

「親だからね」

「その親父《おやじ》に女がいてこどももまでいた」

「よくある話だろ」

なにか応えてやらなければという気持ちが先走り、咄嗟《とっさ》に投げやりな言葉を発してしまった。

「そう思う?」

相手は淋しげな視線を向けてきた。

「しかたがないこともある」

「その女には親父のこども以外に、二人の息子がいて、一人は親父の会社で働いている。それで叔父たちと親父たちの確執もあるらしい。叔父たちから見れば、とんだ婿養子だったというわけさ」

「お父さん一人で大変だったんじゃないか」

「それなら後妻をもらえばいい」

朝倉がその女性たちにいい印象を持っていないことは、言葉に現れていた。

「きみのこともあるだろ」

わたしは簡単にしゃべってしまったことを、すでに後悔していた。しかし途中でやめるのは、相手の心をもっと痛めつける気がしてつないだ。

「あの人も淋しかったんだろうな」

わたしはその言葉で少しだけ気持ちが和らいだ。そして彼の言葉の真意を探っていると、その向こうに母の姿が見えた。

あれはわたしが小学校六年のときだった。彼女は夕食が終わると、町内会の集まりがあると出かけた。

一人になったわたしは勉強をした後に、蛍を見たくなり家を出た。月の光であたりは明るかった。家から少し歩けば町を分断するように川が流れている。そこから右手に曲がると古い神社があった。

鬱蒼《うっそう》とした森の脇にはきれいな小川があり、そこに蛍が群棲していた。以前、夥しいほどの蛍たちが、光を放ちながら目の前を飛んでいった。彼らの光の束で森は明るく、言葉を失っていると、大きな神木の間を舞い上がっていった。

やがて蛍たちは森に姿を消した。わたしは茫然《ぼうぜん》と立ち尽くしていたが、妙な心の高揚を感じていた。あれは森の神ではないか。そんな気がしたのだ。

その一瞬の夢から醒め森から立ち去ろうとすると、暗い境内から人の声が聞こえてきた。時刻は九時近くだった。今頃、こんなところに誰がいるのか。神主の家族かと思い、通りすぎようとした。だがその声に聞き覚えがあった。

杉の大木に身を隠して覗くと、おもわず声を出しそうになった。それを押し留《とど》めたのはもっと驚いたからだ。集会に行ったはずの母がいたのだ。

彼女と男性は拝殿のそばにいて、おしゃべりをしていた。なぜこんなところにいるのか。息を止めて聞き耳を立てていると、二人は町に起こった話をしていた。

一軒だけ残っていた映画館が潰れ、その跡に商店主たちが協同組合をつくり、専門店を入れるということだった。

町の外れに新道ができ、関西や広島の大型店舗が進出してくるという噂《うわさ》があった。それに対抗するために組織化するということだったが、そこに母の実家の呉服店も出店するという話があった。

彼らはそのことを話し合っていた。母にも関係があることで、うまくいかなければわたしたちの生活にも影響が出るかもしれなかった。

しかしそんな話をなぜこんなところでするのか。誰もいない場所で男性といるが、いったいどういうことなのか。それに彼女の声は深刻な話とは別に、陽気に聞こえてくるではないか。

男性は町で見たことはなかったが、長身で低い声をしていた。直にこれ以上見てはいけないという気持ちになって家に戻った。夥しい蛍たちの光の道に感動していたが、すでにそのことは頭の中から消え去っていた。

あの男は誰なのだ。あんな薄暗い森で、話さなければならないことがあるのか。明らかに人目を避けている雰囲気があった。どこかで聞いた声のような気もした。いや本当は気づいていたのかもしれない。認めたくなかっただけなのかもしれない。

やがて小一時間ほどして母は帰ってきたが、待っている間のあの時間の長さを今でも覚えている。自分がたった一人だという孤独と疎外感を、あのときほど味わったことがない。母は家に戻ってくるとすぐに炊事場に入り、喉を潤した。それから仏間にいたわたしを目にすると、明かりもつけないでどうしたのかと訊いた。

わたしはかたく口を閉じていた。彼女も明かりをつけようとはしなかった。顔が上気しているようにも見えた。

「集会が遅くなってね」

「どこでやっていたの」

「いつもの公民館」

それは嘘だ。神社の鳥居の近くにある公民館は、明かりは点《とも》っておらず、人気《ひとけ》はどこにもなかった。わたしは部屋の明かりをつけた。母は顔を背けた。

「お風呂には入ったの」

彼女は自分の心を見透かされないように、やさしく訊いた。わたしは応えなかった。なにもしゃべりたくないという気持ちに支配されていたのだ。父を裏切った母。そういう疑心が渦巻いていた。夜の闇があれほど重く感じたことはない。

母もこちらの固い雰囲気を察したのか、そのまま風呂場に向かったが、水音一つ立てなかった。聞こえてくるのは遠くの田圃《たんぼ》で啼《な》く蛙《かえる》の声だけだった。

ながい時間をかけて風呂から出てきた母は浴衣に替えていたが、白い肌を桜の花びらのように染めていた。

「お母さんはなにもお父さんを裏切るようなことはしていないからね」

その言葉を背後から受けた。彼女はすでに息子の心を読んでいた。わたしに強い羞恥心が生まれていた。直に彼女は仏壇の前に座り、夜だというのに線香を立て、父や祖先の位《い》牌《はい》に手を合わせていた。

「先に休みますからね」

わたしは素直にはいと応じた。あれ以来、彼女は夜に家を空けることはなかった。本当は寡婦を通す決心をさせたのは、わたしではなかったのか。母の女としての立場を奪ったのは自分ではないか。わたしはそのことに苦しめられた。

そしてわたしが自転車で松江まで行ったのも、あの夜のことがあったからではないか。二人のことが暗雲のように垂れ下がっていたのだ。

あれから彼女はなにも言わなかった。男性がどういう人間か、なにをしている人間かも知らない。あの光景はなにかの間違いではなかったのか。幼いわたしには母の存在は、自分が感じているよりも大きな問題だったのだ。

二人で生きていければそれでいい。母もそう思い直してくれたのだ。わたしは安堵したが、その懺悔は歳《とし》と共に増すばかりだ。

松江から戻り、母が心配する顔を見て、心も落ち着いた。あなたが急に大人になった気がする。彼女は喜んでくれた。

もし母とあの男性の逢瀬《おうせ》を目にしなかったら、わたしたちの人生は違うものになったのではないか。それにあの事故だ。母はそのことも結びつけて後悔しているのではないか。

「なにも責めないのに親に謝られるのも、息子としては心苦しいところがあるよな。きみのお母さんと違って、男が仕事を持ち、家族をみるというのも難しいものがあるさ。そのことがわかる年齢になっていたから、動揺することはなかったけど、中学生の頃には確かに動転じたね。あんなに悩んだことはない。親子っておもしろいよな。ただ血がつながっているというだけで、面倒を見たり頼ったりするんだから」

朝倉駿介は淡々としゃべっていたが、その心の整理がついているとは思いにくかった。

「ちょうど受験勉強があって、反対に忘れるために気が紛れて助かったよ。今では不安が人生をつくるということも知ったさ。悪い思い出ではないのかもしれない」

わたしは洒落《しゃれ》たことを言う男だと思った。不安が人生をつくるとすれば、不安だらけの自分は、少しはいい人生を歩いているのだろうか。朝倉は社内販売で買った缶ビールをくれた。それを飲むと、小さな溜め息を洩らした。

「それでもいいこともある。たまに見る流れ星みたいなものだ」

「ないよりはいい」

わたしは朝倉の気分が軽くなるように明るい口調で言った。

「暗くなったなあ」

窓の外に小さな灯火《ともしび》が点在していた。宍道湖《しんじこ》につながる中海だ。そこに海があることが判断できないほど夜は降りていた。その暗い景色は朝倉の心のように感じられた。

「もう泊まるところは決まっているのかい」

「こんなに遠いところだとは考えなかったもの。なんとかなるよ。いつもそうだったから」

「ぼくの家に泊まらないか」

えっと朝倉は訊き返した。

「どうせ急ぐわけではないんだろ?」

「いいのかい」

「二人だけだからね」

「やさしいんだな」

暗い海と同じように沈んでいた朝倉の表情が、急に華やいだ。

「そうでもないさ」

「やさしさと弱さはよく似ている気がするけど、苦労した奴じゃないとやさしくなれないよなあ。ぼくはそう思う」

やさしさと弱さはどう違うのか。その基準がわからなかった。そう言う朝倉は苦労しているというのか。豊かそうに見える彼が、そんな人間とは思いにくかった。

わたしも母のおかげで生活の不自由も感じなかったが、もし男親がいないことを言っているのだとすれば、苦労しているということになるのかもしれない。しかし男親がいないというだけで苦労というのだろうか。あるいは朝倉駿介のように母親がいないというだけで、そういうことになるのだろうか。

「でも嬉《うれ》しいよ」

「そんなに喜ぶものでもないだろ」

朝倉はそうかなあと言ったが表情はゆるんでいた。

「感謝するよ」

わたしはなんだか愉しくなっていた。それに朝倉と話していると饒舌《じょうぜつ》になれた。東京に出て仲良くなった人間は、彼が最初だった。

「町を案内するよ」

「それは嬉しい」

わたしは時間調整のために停まった松江から、母に連絡を入れた。それから帰宅すると、もう九時を回っていた。

「お邪魔させていただきます」

朝倉駿介は丁寧な挨拶をした。母は息子のはじめての客だと喜んだ。早くからわたしの帰りを待ち、自分もなにも食べていない様子だった。わたしたちはまた飲んだが、東京で覚えたのは、お酒を飲むくらいだろうと母が言うと、会話は一段と弾けた。

もしあれをささやかな幸福だとすれば、それが静かな家庭に舞い込んできたということになる。そして幸福な関係は、人間関係から生まれてくるのだと知った。母が屈託なく笑顔を見せ続けているのは珍しいことだった。

次の日、わたしは朝倉駿介を案内した。土地には古い神話があちこちにあった。近くには大国主命《おおくにぬしのみこと》と少彦名命《すくなびこなのみこと》が、国造りの相談をしたという静之窟《しずのいわや》や、国引き神話に出てくる三瓶山《さんべさん》、石見銀山の跡地などを訪れた。

「忘れられない土地になりそうだな」

「それはよかった」

「出雲国風土記よりも古い土地だよな。東京のことを思うと、同じ日本だとは思えないよ」

遠くに島根半島がうっすらと見え、漁でもしているのか、一艘《そう》の船が海原に浮かんでいた。朝倉はのどかだなあと言い、陽射《ひざ》しに目を細めた。

「こうして海や山をながめていると、人間も自然によって生かされている気がするよ」

「今の横浜や神戸のようなところだったんだろうな。きみの血にこの風土が流れているというわけか」

「もう何代もこの土地で細々と生きている」

「どんな人生がいいんだろうな」

それはわたしにもわからなかった。いい生き方も悪い生き方も、あるいは運があってもなくても、みんなひっくるめての人生ではないか。その運も風の流れのように変わる。

わたしは朝倉駿介がまだ若いのに、どうして人生のことをよく考えるのかと思った。人生がわからないというなら、そのことに身を任せてもいいのではないか。

ふとそんなことを思案したが、それは自分のことでもあるのだ。わたしもまた生きあぐねている。もしいい生き方があるとすれば、それはどんなものなのか。

「東京で生きようが、ここで生きようがどんな違いがあるんだろうな」

鳶《とび》が海原を旋回し、岬の突端の木に止まった。あの鳶と人間の生き方はどう違うのか。朝倉駿介が大人びた口調でしゃべるのも、生きることを思案しているからではないか。背伸びをしているのだ。それはわたしも同じことだ。彼とわたしは合わせ鏡でもあるのだ。

朝倉は二日間家にいて戻った。東京に戻ると、母にお礼の手紙と和菓子を送ってきた。そこにはわたしへの手紙もあり、人生の忘れられない旅になり、やさしい母親がいて羨ましいと書かれていた。

その文面を見て、男親と息子、母親と息子の生活はどちらがいいのかと考えた。わたしは朝倉の哀しみがわかったし、彼はわたしの哀しみがわかるはずだ。月の明るさは三日月よりも満月のほうが明るい。その欠けた部分にわたしたちは拘《こだわ》っているのだ。

秋になり再び東京に戻ると、二人のつきあいも深まった。朝倉は陽気で、翳りなどどこにもなかった。光が強いだけ影も濃くなる。朝倉は強い光によって、自分の暗い影を消そうとしたのではないか。作品もよく書けるようになったと喜んだ。

「小説は文字で人間の複雑な感情を捉えるものなんだ。ありとあらゆる芸術は、摩訶《まか》不思議な人間の感情を表現するものだろ？　摩訶とはたくさんという意味。不思議とは人間が考えても理解できないことをいうんだ。世の中には摩訶不思議なことばかりで、その中心に神の存在を置いて、わからないことは神様のせいだとして生きる。アーメンとはメシアに恭順していることだし、南無阿弥陀仏と唱えれば、阿弥陀仏に帰依するという意味さ」

書物に親しんでいる朝倉はよくものを知っていた。わたしはいつも刺激された。

「そのうちいいものが書ける」

才能もあるし、これだけ読書をしているのだ。彼が小説家になれないわけがない。

「きみもどうだい」

「ぼくには才能がない。あったとしても無理だ」

朝倉はわたしの言葉が理解できないのか、なにも言わなかった。

「それにぼくには母親がいる」

「お母さんか」

母が男性と会っていた神社の闇が目の前に広がった。あの男性のことはなにもわからないが、土地の人間には違いないのだ。それにきっと身近にいる人間だ。

いつも見られている気がして生きてきた。母は卒業したらどうするのか、市役所はどうかとも訊いた。帰ってきてもらいたいのだ。だがあの町にはまだ帰りたくはなかった。寂れて、いつも空気が重いような息苦しさがある。

あの土地で一生を終えたくない。すぐには帰りたくないという気持ちがあった。静かな土地が逆にわたしの心をざわめかせた。それに誰も知らない都会にいれば、こちらに目を留める者なんて誰もいない。

人間は縦軸的には過去と未来を持ち、横軸的には今の人間関係があり、そのクロスしたところに現在の自分がいる。あの狭い土地では、そのすべてのことを知っている人間ばかりだ。この脚に好奇な視線を向けられるのは厭だった。わたしはその鬱陶しさから逃げているのだ。だが懐かしくもある。時々、本当に母のことを考えているのかという疑念にも包まれた。

そしてたまにジャン神父たちの集まりに出ていたが、彼の大学での授業は休講が続いた。体調でも崩したのか。あれだけ酒を飲んでいた人物だ。体を壊しても不思議ではなかった。

わたしは知人に訊いたが誰も知らなかった。朝倉駿介に連絡をとっても返答がなかった。いったいどうしたというのか。二人とも姿を見せないのだ。

そのうちにジャン神父が失踪したという噂が流れた。彼が一人の女性と姿を消したということも知った。その人物はわたしも知っていた。物静かな人で、神父の話を黙って聞いている女性だった。

一度だけ朝倉駿介と立ち話をしているのを目にしたことがあるが、わたしは息を飲んだ。彼女が朝倉となんの関係があるのか。わたしは秘かに彼女と会うためにやってきていたのだ。口がきけなかったのは負い目があったからだ。わたしなんかに目を向けてくれるはずがない。あんな美しい女性は誰と一緒になるのかと想像もした。すでに人妻かもしれなかった。思案するだけでも心が高揚した。

朝倉はこちらの硬い表情の変化におやっという視線を投げたが、二人はわたしの姿を目にすると、どちらからともなくそばを離れた。

「よかったのか」

その態度が気になり朝倉に問いかけると、なんでもないと素っ気なく言われた。そのときふと彼らしくないという感情が擡《もた》げたが、深く気にしなかった。朝倉駿介は他人にぞんざいな態度をとる人間ではない。だからおやっという気がしたのだ。

「きれいな人だ」

「きみでも女性に関心があるのか」

「どういう意味？」

「お母さんが一番という人間だと思っているから」

やはり朝倉の感情は普段と違った。明らかに高じていた。

「なにかあった？」

きみの勘違いだと言い、あまり眠っていないからかもしれないと付け加えた。

「頑張っているんだな」

わたしは相手が創作に没頭しているからだと思った。

「すぐに立ち往生する。その繰り返しだ。それを乗り切れば、また書けるようになる」

わたしはそんなものかと思い、それ以上のことは言えなかった。なにもないところから人物を立ち上げ、人間の喜怒哀楽の感情を捉えなければいけない。そんなことはわたしにできるはずがないし、そうしたいという欲望もなかった。

それよりも親子がどうして生きていくかということで、頭がいっぱいだった。生きるための生活のことを考えなくても、自由に生きられる朝倉を羨ましく感じた。

「うまくいくといいな」

「頑張ってみるさ」

朝倉はそのときだけ力強く言ったが、その日はいつもより口が重く、時折、あの女性に射るような視線を投げていた。

しかし相手は気づかないのか仲間たちの会話を聞きながら、たまに皓歯《こうし》を見せていた。朝倉の視線を受け止めないようにしている様子でもあった。

わたしは二人の気配を探りながらどういう関係なのかと想像した。朝倉駿介の強ばった表情を思うと、彼らが集会で知り合っただけの間柄ではない気がしたのだ。

女性はわたしたちよりも七、八歳年長に見え、大人の雰囲気を漂わせていた。それは朝倉が、無理をして大人びた雰囲気をつくり出したとしても敵《かな》わないものだった。ジャン神父だけが愉快そうに飲んでいた。

「どういう関係?」

「そんな詮索をするとは思いもしなかった。きみもああいう女性に興味があるのか」

「はぐらかさないでくれよ」

「友達でも入ってこられない世界があるだろ?」

朝倉は話を拒んだ。

「秘密は蜜の味がする。きみが想像しているとおりだよ。勘がいい」

わたしはすべてを察した。同時に強い失望も覚えたが、それを悟られないようにした。

「きみ流に言うと苦労しているからかな」

朝倉は唇をわずかに吊《つ》り上げた。

「ずいぶんと歳上の人じゃないか」

わたしは配慮のない言葉を投げた。

「人格とは別だからな。それに八歳だけだ」

わたしは驚いた。ずいぶんと歳が離れているではないか。母親がいない朝倉が憧れたのだろうか。

「でもきみの郷里は本当によかったなあ。人間の暮らしというのは、ああいった土地で自然に溶け込むように生きるのが、本来の人間の姿のような気がする。都会はみんな偽りの生活をしている。人間関係も偽りの関係だ」

なぜ朝倉はそんなことを言うのか。それに今更そんな話をしてどうなるのか。ものを書くことによって、自己を見つめているのではないか。彼はなにを見ているというのか。そんな言葉を伝えたかったが止めた。

それに誰にでも人に言えないことはある。現にわたしもそうではないか。大人になるということは、多くの秘密を抱えて生きることではないか。朝倉は日本海の夕焼けを見て感嘆の声を上げたが、わたしはあの峠から見える海一面の夕焼けの景色を、目にさせなかった。山陰のお日様は山から昇って、海に落ちるんだな。朝倉に言われてはじめて気づいたが、確かに海から昇ることはない。

「どこで生きるかは誰にもわからないもの。しかたがないよ」

「みんな最後はしかたがないと自分を言いくるめて、生きるしかないということ？　おれは厭だな」

朝倉の心は明らかに乱れていた。それがあの女性のせいのようにも感じたが、言えば彼の感情を逆撫《さかな》でする。

「もう少し飲んでいかないかい」

「今日は失礼するよ」

それまでの朝倉は断ることはなかった。即座に断った相手にわたしは動揺した。人とのつきあいが最も大切だと言い、どんなことも断らないと豪語していた男が断ったのだ。よほど気にかかることがあるのか。あるとすればあの女性のことしか考えられない。

「難しいことでもあるのか」

「別に」

相手はぶっきらぼうに言った。あるからそうするのだ。

「ぼくでは無理？」

「やさしさは人を傷つけることもある。特にきみは注意をしたほうがいい。人のやさしさは、苛立《いらだ》ちを増すことにもなりかねない」

「だろうな」

わたしにはそう応じるより言葉が見つからなかった。

「それに情は損得で言えば、必ず損をするさ。わかった。せっかくだからつきあわせてもらうよ。ぼくのために気を遣ってくれているんだもの」

朝倉駿介はなにを言いたかったのだろう。その晩、小説の話もせず、わたしの郷里のことばかりしゃべっていた。蟠《わだかま》っていることを極力吐露しないように、懸命に堪《こら》えているという印象だった。

「あの景色は一生忘れられない。神様しか造れない景色だよ。宍道湖の夕暮れの景色も、きみの郷里の日本海に落ちる夕陽の美しさも。自然の美しさは、人間がどんなに頑張っても造れない。神の存在を意識させられてしまうよな」

わたしは彼の言葉を耳にしながら恥じていた。もっと美しい風景を知っていたのだ。そこはわたしの生き方を狭めたところでもあるのだ。今となってはあれが自分の人生を決めたとわかるが、当時はまだ心の整理がついていなかったのだ。そこに朝倉を連れて行ったことが母にわかると、彼女も心を沈ませると考えたのだ。

朝倉はだんだんと饒舌になってきたが、やはり話す言葉には力がなかった。いつものような熱もない。どこか上の空という感じだった。しかしなにかあったのかと、改めて訊き出すことはできなかった。ふと見せる沈んだ表情が、そうすることを拒むのだ。

「お母さんは元気?」

「どうだろう」

わたしは現在の心境を語った。母から役所で働かないかと言ってきていると伝えると、朝倉はそのときだけ真剣に聞いていてくれた。

「自分の気持ちとの板挟みというわけか」

「そういうことになる」

「戻ったほうがいい。こんな都会でなにをしようとしているのかわからないし、あの自然に包まれて、静かに生きるのがいいよ。そういうことを言うなら、ぼくがきみで、きみがぼくならよかった。まあ、無理な話だけど。それにお母さんも喜ぶ」

わたしは彼が賛同してくれるものと考えていたので、意外な気がした。

「そうだろうか」

朝倉はあの美しい風景しか見ていないのだ。秋から春にかけての絶え間なく降る雪と雨。いつも鈍重な空がのしかかっていることなど知らない。だからこそ春から秋にかけての景色が、一層美しく思えるのだ。

「今度生まれてくることがあるとしたら、おれはあんなところに生まれてみたい」

わたしはその言葉に小さな胸騒ぎを覚え、それを打ち消すようにどういうことかと問い返した。

「人生というのは、本当は、だんだんと諦めていく修行のことじゃないのか」

朝倉はこちらの言葉に応じず、突然そう答えた。深く考慮できなかったわたしは、相手が小説を書くことに詰まっているのだと解釈した。

「諦めない修行じゃないのか」

「きみはいいね。見かけとは違い楽天的で」

わたしは貶《けな》されている気分にもなった。諦めるとそこでなにもかもが終わってしまう。何事も手放さず、こつこつとやっていれば道は拓《ひら》けるのではないか。

だが自分にはそうするものがまだなかった。目の前の朝倉駿介にはその目標がある。だから悩んだり、苦しんだりするのだ。

「違うのかなあ」

「多分、当たっている」

朝倉は弱々しく賛同した。

「そうだろ?」

「でもきっぱりとしなければいけないときもあるんじゃないか」

わたしは自分の心に照らし合わせた。我を通せば母が悲しむ。彼女が強く出れば、わたしが呻吟《しんぎん》する。

「そう思う?」

「未練は事故の元だからな」

ひょっとしたら朝倉は小説を書くことを諦めるのだろうか。そうするにはまだ若すぎるではないか。それにまだ何年もやっていない。結論を出すのは早すぎるし、思い込みすぎるのではないか。

「働くのか」

わたしは彼の複雑な家庭のことを思った。いやと相手は否定した。

「きみの夢なんだろ」

夢かと朝倉は呟いた。それから物思いに耽《ふけ》るように沈黙した。わたしの言ったことが、なにか心の底の感情に触れたのだろうか。

「夢は弾けるし、決して現実にはならないだろ」

「正夢ということもある」

そう言ったが、口元に苦みが付着しているようだった。

「夢があるということは、いいことじゃないか」

「きみだってあるじゃないか」

わたしの脳裏に朝倉と一緒に見た海ではなく、岩肌を打ち続ける高波が見えた。執拗に襲われ続けているあの岩たちが、人間の姿ではないか。なにが起きても耐える。どんなことがあっても我慢する。それがわたしたちの生き方ではないか。それには心を平穏にすることだ。

そのことをあのジャン神父から教わった。彼が神の声だという言葉によって、心を落ち着かせることができているのだ。朝倉は違うというのか。

「あるさ」

「だといいんだけどな」

それから朝倉駿介は急に陽気になり、逆に戸惑わせた。わたしは彼がなぜジャン神父の集まりに出てくるのかと思った。

そばにいても彼の言葉に耳を傾けているわけでもない。ただ笑顔を絶やさないようにしていたが、それは作り笑いや愛想笑いだ。朝倉の真意がわからなかった。

その晩、彼は酒が入るとともに快活な男に戻ってきたが、わたしは相手の感情の起伏の大きさに、改めて焦燥感を抱いた。

「少しまた出かけるよ」

「どこに?」

「永遠の旅もいいかもな」

「悪い冗談はよせよ」

朝倉はこちらの顔を見据えた。そして電車もなくなりそうだったので別れたが、別れ際に、元気でやれよと手を振った。わたしはしばらく後ろ姿を見つめていたが、ふらつく足取りで闇の中に消えた。

ジャン神父とあの女性が出奔したと耳にしたのは、その日から、まもなくのことだった。

わたしは俄《にわか》には信じられなかった。そんなことがあるはずがない。なにかの間違いだ。朝倉駿介に連絡しても、彼もまた姿を晦《くら》ましたままだった。わたしは急に一人になり孤独感に包まれた。彼が自分の生活に深く食い込んでいたことを知った。

そんなとき母の動揺した電話があった。わたしは彼女のあれほど狼狽《うろた》えた声を知らない。

「朝倉さんと言ったわね」

「誰のこと?」

「家にきていただいた方」

母は興奮していた。

「朝倉駿介のこと?」

「その方」

「どうしたの」

わたしは気忙《きぜわ》しく訊いた。

「驚かないで」

「言っていることが、よくわからない」

母の物言いは唐突で判断に苦しんだ。なにをそんなに息せき切っているのか。

「亡くなったの」

そう言った彼女の声は逆に落ち着いていた。わたしを狼狽《ろうばい》させたくない配慮かもしれなかった。

「もう一度言って」

「あの方が亡くなったの」

「どこで?」

わたしの声は震えていた。

「間違いないわ」

「人違いかもしれないじゃないか」

母は事の成り行きを話した。宍道湖の夕焼けが一番きれいに見えるホテルの一室で、亡くなったというのだ。

「事故?」

すでにわたしは気づいていた。認めたくなかったのだ。それにそこで亡くなったということは、自分が誘導したみたいではないか。しかし発する言葉を持っていなかった。

「所持品の中に、あなたの名前が記載されたものがあったらしいの」

自分の息子とあんなに仲良くしていたではないか。明るくて礼儀正しい人だったのに。彼女はそう言って嗚咽《おえつ》した。自分の知っている朝倉駿介と、今の境遇が結びつかないのだ。

「どういうことなの」

今度は彼女のほうが訊いた。あの宍道湖に沈む夕陽が、朝倉の心を捉え導いたとでもいうのか。それならば罪はわたしにあるではないか。

やがて朝倉駿介が亡くなってから、あの女性が彼の恋人だったという噂が流れ出した。わたしはまさかという気持ちになった。確かに人目を惹《ひ》いたが、それが朝倉と深い関係だとは思いにくかった。

あの亡くなる少し前、朝倉駿介と女性が話をしていた姿を思い浮かべた。朝倉も彼女も沈んだ表情をしていた。いや女性のほうはそうではなかったかもしれない。どこか心に余裕があったようにも見えた。

縋《すが》りつこうとしていたのは朝倉のほうではなかったのか。未練は事故の元だ、いつまでも拘っていると前に進めなくなるからな。それに人生は諦めていく修行だろ？　そうに決まっている。わたしは彼の言葉を思い出した。

だとすればなぜそういうふうに生きなかったのか。あの男の苦悩は、小説を書く苦しみからきていたのではなかったのか。あの朝倉の明るい表情が、わたしの脳裏から消えることがない。秘かに心を通わせたかった女性のことも、突然にこの世から姿を消した朝倉駿介のことも、なにもかも忘れ、諦める修行をしなければならないのはわたし自身のほうだった。

そのうち母は進学するのを許してくれた。朝倉の死が影響したのかもしれない。都会の雑踏の中にいれば気も紛れる。そういう判断があった気もする。少しでも思うように生きないと、後悔するようになるからね。彼女は以前にも増してその言葉を呟くようになった。

あれ以来、宍道湖の夕暮れを目にしていない。見たくなかったのだ。彼への苦い感情が蘇《よみが》ってくるからだ。なぜ相談の一つもしてくれなかったのか。それともあの女性とのことは、誰にもしゃべれない、もっと深い秘密だったのか。

少しずつ記憶を遠くに押しやるしかないが、なぜ自死したのかということは謎のままだ。そしてなにもわからないことが神秘だということを、朝倉駿介がいなくなってはじめて気づかされた。

5

あの日もわたしは朝倉駿介のことを思い出していた。進学することを決め、その段取りで神田にある語学学校に通っていた。

講座が終わり駅に向かっていると、あたりが急に薄暗くなった。顔を上げると、太い雨脚が通りを走り抜けていた。しかたなく喫茶店に入り、濡れた髪やシャツを拭った。

「ここ空いていますか」

通りの雨をまたながめていると女性が声をかけてきた。こちらが頷《うなず》くと前の席に座り、細い腕と髪を拭いた。落ち着いた物腰は三十すぎに見えた。

彼女は一息つくと、コーヒーを頼み本に視線を落とした。うっすらと化粧をした頬は薄く、落ち着いた雰囲気を醸し出していた。

「どうされました?」

ぼんやりと朝倉駿介とつきあっていた女性の姿を呼び戻していると、目の前の女性がまた声をかけた。わたしは一瞬、言葉をかけられているとも知らず、相手と目を合わせただけだった。

「学生さん?」

「そこの語学学校に通っています」

彼女はあら、同じと含み笑いをし、腕時計に視線を落とした。やがて読みかけの本をバッグにしまった。雨は数分で止んでいた。

「また、お会いしましょう」

短い会話の中でわかったことは、彼女が同じ学校に通い、自分よりも年長ということだけだった。わたしは街路樹の向こうに消える姿を見ていた。それからまた朝倉駿介のことを思い浮かべた。

年齢に関係がなく、死というものが突然にやってくるということを、わたしは自分の父や朝倉の死によって知った。なにも自分から死んでしまうなんて。そんなことをしなくても、いずれお迎えはくるのに。少し早いか遅いかの問題なのに。母はわたしを元気づけるように言った。

多分、そうなのだろう。生きている間が人間なのだ。その間の孤独を癒《いや》して生きるのが、わたしたちの人生ではないか。朝倉駿介はそれに負けたということになるのか。

わたしの心には喉に刺さった小骨のように、彼を傷つけ、自死に走らせたのではないかという感情があった。でなければわたしが教えたあの宍道湖《しんじこ》の畔《ほとり》で、逝《い》くことはなかったのではないか。

考えては中断し中断しては思案した。それは犬が自分の尻尾を嚙《か》むような仕草だったが、気がつけばそうしている。朝倉駿介のことを意識すればするほど心が塞《ふさ》いだ。

講義に集中することができず、無気力な生活の中にいた。夜更かしをし、けだるい体のまま学校に通った。授業は身に入らず、ひと思いに辞めてしまうこともできなかった。

結局、わたしは語学学校を辞め、なにも手につかない日々が続いた。そしてある日、再びあの女性と出会った。

「姿が見えなくなったと思ったら、こんなところに隠れていたのね」

「憶《おぼ》えていたんですか」

当然よと言った目は充血し、わたしの左脚に向けられていた。その配慮のない目や物言いが、どこか朝倉駿介に似ている気がした。それでも話し相手のいない日が続いていたわたしは嬉《うれ》しかった。

「学校は？」

「辞めてしまいました」

「なにをしているのかしら」

向けた目に疲労が滲《にじ》んでいた。

「お仕事だったんですか」

わたしは唐突に訊《き》いた。女は押し黙ったままだった。

「どう見える？　本当はやることがなにもないの」

わたしが要領を得ず見つめていると、お暇？　と問い返した。

「そうかもしれません」

じゃ、わたしと食事でもしない？　とようやく明るい声を上げた。そのコーヒー店を出た後、隣町まで行った。駅前はロータリーになっていて、快速が停まるためか、一駅違うだけで街には華やかさがあった。

広場には循環バスが停車し、それぞれの停留所にはバスを待つ人々が並んでいた。女は駅前の高層マンションのレストランに入った。

「つきあう？」

食事が終わり寛いでいると、彼女は唐突に訊いた。わたしは相手がなにを言っているのかわからなかった。冗談かもしれず黙っていると、どお? と尋ね返した。

どうせ所在ない日を送っているのだ。わたしは小さな声で応じた。ふと朝倉駿介のあの女性のことを思い出した。ちょうど同じくらいの年齢ではないか。朝倉はどういう気持ちでつきあっていたのか。

「なんでも言うことを訊く? おもしろいわよ、きっと」

女は濡れた瞳を光らせた。彼女は離婚歴があり、息子が一人いたが、親権は夫に取られたと教えてくれた。その分、慰謝料はたくさんもらい、自由に生きているのだと言った。レストランの上のマンションに住んでいた。わたしよりも八歳歳上だった。

夫は医療品会社の創業者一族で、結局は六年間の結婚生活で、こどもだけ産んで別れたと笑った。相手の浮気が高じてほかにもこどもができたのだ。

それで家を出たが、本当は我慢すればよかったのかもしれない、この淋《さび》しさがわかるかと質問をされた。生き別れは自分たち母子よりもつらいのではないか。生きていれば諦めきれない。それならわたしのほうがまだ幸福ということになるのだろうか。

「幸福な人なんかいるのかしら? 哀《かな》しい動物が人間でしょう? 人間は一人では笑えない。一人で笑っている人は病気。人と集まって淋しさを忘れて笑い合うのが人間。わたしは笑い合える環境じゃないから、不幸」

そうなのか。人間は一人で笑えないのか。わたしは自分に笑顔が少なくなっていることに気づいていた。

「喫茶店にきて、ぼんやりしている人たちもそうじゃないかしら。仕事の打ち合わせとか、友達とのおしゃべりの場所としてはそうだけど、安いコーヒー店はお年寄りばかりでしょう。みんな淋しいのよ。郊外はそんな人ばかり。だからわたしはわざわざ都心まで出かけるの。そんな中にいると気が滅入ってしまうでしょう?」

わたしはその後、彼女に連れられてマンションに入った。表札には中浦《なかうら》と書かれていた。

「離婚までのわたしの名前」

彼女は結婚前の名前を言わなかった。こちらが玄関でためらっていると、なにも心配しなくてもいい、自分しかいないと緊張を解《ほぐ》してくれた。

確かに人の気配はなかった。大きな書架があるだけで、家具の少ない簡素な部屋だった。

「中浦さんっていうんですか」

わたしは先刻の彼女の言葉が気になり尋ねた。

「今は元に戻って、高島早苗《さなえ》」

わたしはサイドボードの写真を目にとめた。彼女と男性が雪山を背景に写っていた。日本の山ではない気がした。わたしの視線がそこにあることに気づいても、彼女はなにも言わなかった。

「中学校から東京にいるの。一人で寮に入ったわ。教育熱心な家だったけど、結局はなにもならなかった。兄弟は何人かいたのに、わたしだけが一人暮らし。親はなにを考えていたのかしら。そしてまた一人。こどもの写真は置いていないの。なにもかもやり直しよね。うまくリセットできるかしら。それにずっと一人で生きてきた気がするわ。夫がいても別のことを考えていた気がするし。そんなところに不満が溜《た》まっていたんじゃないかしら。このままいくとはとても思えなかったし、これでいいのかと思ってもいたわ。考えちゃいけないこともたくさんあるのよね。わかる?」

早苗はいつも誰とも話すことがないのだと言った。

「うまく答えられないんですが」

「なにも気にしなくていいわ。すでに別の女性と暮らしているし、鍵はわたししか持っていないもの。それにあの人が嘘《うそ》でもくることはないから」

彼女は昂《たか》ぶった気持ちを抑え込むように深呼吸をした。

「ついこの間まで大変だったの。彼の女性がここにやってきて、夫を譲ってくれと頼むの。泣きながら。もうつきあって十年になると言うの。それでも突き返したわ。こどももできているかもしれないと言うし、自分のほうが、あの人を愉《たの》しませてやれるとも言ったわ。はじめそれがどういう意味なのかわからなかった。つまり女として満足させているという意味だったのよね」

彼女はそこまで言って息を止めた。それからわたしの顔を覗《のぞ》くように見つめた。

「聞いてもいいんですか」

「もう終わったことですもの。そのうちどうでもよくなってきたわ。自分が夫と一緒に生活しているのも、嘘のような気がしてきたし、わたしがあの女性の立場だったら、どうするかとも考えたわ。自分では絶対にああいう行動はとれない。凄《すご》いことだと感じてきたの。可哀《かわい》そうな気もしてきたし。そうすると夫をやってもいいような気がしてきたわ」

わたしは彼女が本心で言っていないと思った。宙を泳ぐ視線。小さな耳朶《じだ》でゆれる金色のイヤリング。自室に戻っても外さないイヤリングを見て、わたしは彼女が身構え緊張している気がした。

「あの人がそうですか」

わたしはまた写真に目を向けた。

「どうしようもないことがあるし、どうにもならないことがあるのよね。わたしのほうが疲れてしまった。それにたいした問題じゃないと思ってきたんだもの。そうするとあちらの気持ちのほうが強いんだから負けてしまうわよね。負けて当然だし、そのうちどうでもよくなってきちゃった。未練もないわ」

彼女は夫と二十二歳のときに知り合った。大学を出て勧められるままに結婚したが、父親が選んだ男性だったので、人柄はいいだろうと思い込んでいた。

父親は家庭に入る女性こそ、学問を積んでいたほうがいいと考えた人物で、そのために彼女を東京の学校に通わせた。

せっかく大学を出たのだから社会に出て、働きたいというおもいもあったが、夫になる男性を見て気も変わった。それなのに結婚する前から女性がいると知ったときには、なにも考えられないほどだったと言った。

「結局、わたしに見る目がなく、夢見ていたのよね」

まだ若かったし自尊心が強かったのかもしれない。相手の女性は悪い人間でないと言い切った。十年以上も我慢させられたし、忍耐強い人なのよ、それにわたしが負けただけ。

彼女はそう言って、酔って充血させた目を伏せた。

「こどもの親権だけは欲しかったけど、こちらには生活能力がなかったから、それも負けてしまった。もう八方塞がりというところ」

それから早苗はわたしを頻繁に誘うようになった。お互いに淋しさを誤魔化していたのだ。

「どうして誘ったんですか」

わたしは思い切って訊いた。自分なんかを誘わなくたって、いくらでも男友達はできる環境ではないか。

「どうしてなんでしょうね」

相手は反対に訊き返した。

「わかりません」

「お互いに傷を持つ身でしょう?」

わたしはまだ彼女が言っていることが理解できなかった。

「あなたの脚の傷もとっくに治っているのに、心の傷になっているでしょう? わたしも同じ。いつまでも自分だけが拘《こだわ》っているのよ。そんな心を解放できるのは、それよりもいいことがないと治らないでしょう。こどもを取られたわたしがそうなると思う?」

彼女の言い方には配慮がなかった。だが当たっている気がした。元に戻らないことを思案したところでなにもならない。傷口を開くような問い方だったが、わたしは逆に素直な気持ちになった。はっきり言われたほうが、判断はできる。こちらが朝倉駿介を好きだった理由は、そのことだったのではないか。

言葉は自分のことを伝えるためにもあるが、本当は相手に判断してもらうためにあるのではないか。わたしに残っているのは脚の傷ではなく、心の傷なのだ。そしてこの女性なら似た感情を持った女性として、気負いも身構えることもなく、つきあえるのではないかと思った。

「よく似ている」

「誰に?」

「亡くなった友人に」

「そんな人がいたんだ」

早苗は言葉を止めた後に改めて訊いた。相手をわたしがつきあった女性だと勘違いをしているようだった。

「いい人だったんだ?」

わたしは応じたくなかった。早苗もそれ以上訊かずこちらの衣服を整え、ハンドバッグから口紅を取り出した。

「目を瞑《つむ》って」

声は拒絶させない冷たさがあった。彼女がこちらの唇にピンクの口紅を引くと、鼻孔にあまい香りが進入した。されるままにしていると、早苗は丹念に塗った。

それが終わるとアイシャドウを入れ、白粉《おしろい》を頬に擦り込ませた。化粧が一段落すると、黒髪のながい鬘《かつら》を被せた。大きなリングのイヤリングもつけた。

「さあ、出来上がり。目を開けて」

早苗の行動はこの半年間でだんだんとエスカレートしてきた。わたしを着せ替え人形のように女のなりをさせる。ウエディングドレスやセーラー服姿にもさせられた。

彼女の腕に腕を通し、恋人同士のように振る舞った。時たま探るように見つめる者がいたが気にしない。わたしは女だ。それから喫茶店でチョコレートパフェを食べたが、仕草までが女性になっていた。

「なんだかわたしも負けそう」

はじめのうちこそ映画館に入ったり、酒場に出かけたりしていたが、もう人の目を気にしなくなった。

「東京はいいところ。なにをやっても気にならないもの。つまりは無関心な人たちばかり」

早苗はなにをやってもそう言った。きっとどんなことがあっても淋しいのだ。その感情をこちらにぶつけてくるが、解消することはない。それが消えるのはまた家族と暮らすときだろうが、そうならないことは気づいている。だからよけいに苦しいのだ。

わたしと会わないときは、こどもが通う学校近くの喫茶店に入り、下校する姿をながめている。先日は望遠レンズ付きのカメラで、ランドセルを背負ったこどもの写真を撮ってきた。

そんなに愛情があるならなぜ我慢をしなかったのか。少しでも気を紛らわせたいというのが、現在の彼女の生き方だった。

「あなたにはわからない」

「逆に哀しむんじゃないの」

わたしは残酷な言葉を浴びせた。するとこのときは反省するが、逆に一層過剰な行動に出た。

一週間前もそうだった。わたしは女装させられ、彼女は男物のスーツ姿でネクタイを締め、短めの髪は整髪料で固めた。それから薄いピンクのサングラスをかけた。

そして連れ添って街に出た。空は晴れて眩《まぶ》しかった。そう感じるのは光のせいばかりではなく、自分たちが男女反対に仮装しているからかもしれなかった。

「注《つ》ぎな」

早苗はグラスを突き出し男言葉で言う。見かけが変わると、態度も言葉遣いも違ってくる。わたしが恭《うやうや》しくビールを注ぐと、よしと言って足を組んだ。

「女がいつも女らしくしろと言われるのは、なぜだがわかるか。そう言い続けないと、すぐに男になりたがるからだ。妙な生き物だよ、女は。すぐにふてくされるし、媚《こび》を売る。男になりたがるくせに、イヤリングやマニキュアをする。やることに一貫性がない。矛盾しているだろ」

それは男もそうではないのか。人は人の目を気にして生きる。そう考えたが彼女の感情を高じさせないように言葉を止めていた。こんな行動を起こすときは、彼女が一段と落ち込んでいるか、心の均衡を失っているときだ。

「女は細部に目がいくということを知っているんだよな。だから足の爪にペディキュアを塗ったり、イヤリングをするんだ。人間は小さいことが気にかかる。だからさ」

わたしが朝倉駿介や母のことに気を留めているのは、それが小さいことだからだろうか。早苗とこうして心を紛らわせているが、わたしもどこかで楽しんでいる。仮装すると別の人間になった気がするのだ。早苗もわたしも今の自分が嫌いなのだ。

「調子のいいときは大きなことを考えるが、少しうまくいかないと、どんどん内向してつまらないことも、深く考えてしまう。おれがそうだったよ」

今のわたしもそうだ。なにも解決しようとしない。じっと縮こまっているだけだ。やはり早苗が言うように病気なのかもしれない。

「注げ」

彼女はまた命令した。わたしは従順に従い日本酒を注いだ。彼女の酒量は増えるばかりで、すでに頼り切っている。朝から酒の臭いをさせているときもある。

ふらつく足取りでマンションに戻ると、元の女性になった。早苗の心の中でいったいなにが起きているのか。酒を飲み、抱かれているときだけは、なにもかも忘れられるのだと言った。

「あなたもわたしも一緒」

彼女はそう言って豊かな肢体を重ねてきた。このままでいいはずがない。わたしは抗《あらが》うことができなかった。落ちるところまで落ちればいい。自堕落な生き方のほうが心は解放された。

早苗は思いつくとどこでも催促をした。公園や美術館のこともあったし、映画館やカーテンを開けたマンションの窓際であったりもした。なにもかも忘れるために生きているように見えた。

「あなたは犬。もっと懐きなさい」

足元にしがみつくことを要求され、指先を舐《な》めることを強要された。わんと啼《な》けと言えば、わんと啼いた。四つん這《ば》いになれと言われれば、犬にも馬にもなった。そうして戯れたが、早苗は最後には必ず泣いた。刺激は刺激を呼んだが、やがて彼女は以前よりも憔悴《しょうすい》し、言葉数も少なくなった。

そしてある日姿を消した。不安になりマンションに出向くと、すでに住んでいなかった。わたしは咄嗟《とっさ》に朝倉駿介のことが脳裏を走った。心当たりを訪ねたが、どこにもその影はなかった。

しかたなく彼女の息子が通う学校に行った。相手が一人になるのを待って、母親のことを尋ねた。早苗に似た息子は、当初、警戒し逃げ出そうとした。

「絶対に内緒だよ」

「誰に言うの?」

「お父さんたち」

知らない人たちだから会うこともない。早苗が通っていた学校の人間だと言うと、ようやく口を開いてくれた。

「外国」

「どこの?」

「フランス。好きだと言っていたから。それからぼくも一人で行けるようになったら行くんだ。だからそれまでは誰にも内緒。絶対に誰にも言ってはいけないけど、お兄さんみたいな人がきたら、言ってもいいいって」

数年後に彼女は息子を取り戻し、心の傷を癒すことができるのだろうか。

「絶対に約束する」

相手は小指を出した。わたしは強くそれに絡ませた。秘密を持った少年は誇らしげだ。そうか。あの人は立ち直ろうとしているのか。遠くに行き、未練を断ち切りたいのだ。そして息子に希望をつないだのだ。希望が傷を消すというのか。

あれから彼女とは会っていない。わたしも引っ越した。なにもかも夢の中の出来事にしたくなったのだ。お互いに居場所がわからなくなれば、会うことも心をつなぐこともない。

6

風が中空を通り抜けている。泣いているような音だ。春の雨は上がったが街はまだ濡れている。わたしは窓を開けて、景色を見下ろす癖がついていた。

あれから二十数年が経つ。朝倉駿介はずっと若いままだ。ジャン神父のことも未《いま》だにどこにいるかわからない。いったいどこで生きているのか。神に仕える身として戒めを破り、あの女性と生きることを決めた。忍耐することではなく、煩悩の海を泳ぐことを選んだのだ。

神に選ばれた者ではなく、自ら神の存在を否定したということなのか。あのジャン神父の破戒によって朝倉駿介は生を閉じた。そのことでなにが生じたというのだろう。残された者だけが戸惑いの中で生きているだけではないか。

朝倉駿介は家族を孤独にさせ、親友だったわたしを霧の中に放り投げたままだ。あの美しい光景を見せなければよかったのだ。そしてなによりも、わたしと知り合いにならなければよかったのだ。

「生きていくには忘れてはいけないことと、忘れなくてはいけないことがあるだろ？」

「だろうね」

「それにぼくたちは言葉に沿って思考することができるし、その言葉によって歴史を知ることができる。歴は物事を歴然と、つまりはっきりさせることだろ。史は文章のことじゃないか。だから歴史は文字がつくるということになるだろ」

いつもなら朝倉の言葉に受け答えするだけだったが、あの日は違った。わたしは饒舌《じょうぜつ》だった。急に襲ってきた生きることの不安が、そうさせたのかもしれなかった。

「宗教もそういうことか。聖書があるからキリスト教があるということになる。仏典や法典があるから、仏教ということにもなる。言葉はまた自白と一緒で嘘《うそ》も書き残すし、自分たちのための事実の誇張もある。そういうことをひとまとめにして、あの神父はしゃべっている」

朝倉がジャン神父に好感を持っていなかったことはわかっている。それに信心深くなかった。わたしよりもキリスト教に関心がなかった。

「それが悪いというわけではないけどね」

「いい人なんだろ」

わたしは神父の笑顔を浮かべた。

「あの陽気さは気になるね」

「だから人が集まる」

人間だって動物のように明るい人のところに集まる。笑いがあるところに寄ってくるはずだ。

「利害関係がなければ、誰だっていい人でいられるさ」

「きみはあるのか」

「どうだろう」

朝倉は不快そうに顔をしかめた。

「ありそうじゃないか」

たまにしかやってこない朝倉に、そういった関係があるとも思えない。もしあるとすれば顔を出さなくていいではないか。

「ないよ」

相手は突然怒ったように声を上げた。強く否定する言い方だった。彼が大きな声を出すのははじめてだった。煙草の吸い口を強く噛《か》んでいた。明らかに感情を乱していた。

「利害関係がなければ、やくざとだって友達になれるし、坊主や神父だっていい人間になるさ。その逆が多すぎるから、世の中の軋轢《あつれき》がある気がする」

朝倉は家族が経営する不動産屋は、千三つ屋と揶揄《やゆ》されるほど騙《だま》し合いの世界で、騙されるほうが悪いと言った。千三つ屋というのは、千のうち三つしか本当のことを言わないことらしい。

そんな世界でやっている父親はきっといいかげんで、でたらめな人間に違いないと言った。母親や自分を裏切った男を蔑んでいるのだ。そうやって自嘲気味に笑いながら、高じた気持ちを宥《なだ》めているようだった。

「あの親父だっていい物件だと誉《ほ》められればいい人間になる。騙されたと感じれば、とんでもない悪者になる。いくらクリスチャンでも同じことじゃないのか」

「ジャン神父をよく思っていないのか」

わたしは思い切って尋ねた。

「訂正するよ。人の悪口や揚げ足取りはいいことではないからな。それにそう見られるのも好きではない」

それなのになぜあの集まりに関わりを持っているのか。小説を書くために人と会っているというのか。あるいは言葉を探すために出向いているのか。

ふとそんなことを思ったが、やってきても無関心を装っている姿を思い浮かべると、そういうことで朝倉がきているのではないことは理解できた。神父と言葉を交わしたことがないし、遠くから白い目を向けていることもあるのだ。そんな態度に人の言葉が届くはずがなかった。

「それでどうなったんだい」

朝倉は自分が困ったときによく話題を変える。本当は深く人間と関わりたくない性格なのかもしれない。きみだけだよ、こんなにいろいろなことを話し合えるのは。彼はそう言ったがあの言葉は嘘だったのだ。

それともあの死は突発的なことだったとでもいうのか。そんなはずはなかった。実際、警察も自死と判断した。なぜ伝えてくれなかったのだろう。話せば理解し合うこともあったはずだ。誰がこんなことを予想したか。

あの宍道湖《しんじこ》の光景を見てなにを思ったのか。夜の闇よりももっと深い湖面の闇を知って、心の中になにを沈殿させたのか。

「なんだか寝つきが悪くてね。こんなことは生まれてはじめてだよ。心が萎縮して、堅くなるという気持ちがわかるかい？　夢も見るようになった。昔なんか見たくても見られなかったのに」

「そういうときもあるさ」

「ヒンドゥ教社会では自由牛というのがあるだろ？　牝牛《めうし》は乳が出なくなると解放されるし、牡牛《おうし》だって体力が落ち、荷役ができなくなると自由になるだろ？　そして死ぬと靴職人がきて皮を剝ぐ。上空や屋根の上では禿《は》げ鷹《たか》やカラスが待っていて、その後は野良犬や虫がきれいにして、最後にまた人間がやってきて、彼らの骨を細工して売り、見事に牛は役に立つのさ。神や仏に召されるというのは、本当はそういうことではないのか」

あのときわたしは間違いなく心配した。もっと気づいていればよかったのだ。そのおもいが今も払拭できない。どうして気遣うことができなかったのか。

そしてあの日がきた。葬儀に出ると誰もが沈痛な面持ちだった。若い人間の死ほど心が重くなるものはない。朝倉の父は泣き続けていた。こどもが親や祖父母たちよりも先に逝くのは、彼らの未来さえも断ち切られた気になるのだ。

哀《かな》しみに沈んでいる親族を見つめながら、わたしはそんなことを考えたが、どんなことがあっても母よりは先に死んではいけないのだと思った。彼女の血をつなぐ者は自分しかいないのだ。

そう振り返って落胆するものがあった。わたしは生きているが、彼女から見ればなにも未来につないでいない。わたしもまた親不幸者なのだ。

また雨か。遠くの空が翳《かげ》りを見せ、空が低くなりはじめている。その空をながめていると、研究室をノックする音が聞こえた。

相手が誰だかわかるようになった。真琴はよく出入りする。わたしが生返事をしてから、出かけることを楽しみにしているのだ。

先日ももう少し先でもいいではないかと応じると、臆病になっているのかと揶揄した。確かに当たっていた。小心者のわたしは戸惑っているのだ。学生と二人でそんなことができるはずがない。ほかに友人は？　と訊《き》くと、つきあっている人などいないと切り返された。

「約束しましたもの」

わたしにはそれでもという気持ちがあった。いいとか悪いとかいう前にしてはいけないことなのだ。

「善は急げといいますもの」

「これが善なのかね」

真琴はそうですよと平然と言った。わたしは目元を擦《こす》った。二人で研究室にいると落ち着かない。その上、大人びた彼女をまともに見ることができない恥ずかしさがある。

「どうして笑うんですか」

わたしの苦笑する表情を見て、彼女は形のいい唇を尖《とが》らせた。

「そういうつもりじゃなかったんだけど」

「みんなわたしのことをティーチング・アシスタントと思っているみたいですよ。いい感じでしょう。それに好都合でしょう。それでどうして笑ったんですか」

わたしがそうしたとするなら、以前、帰省したくなくて進学したが、彼女も同じだと感じたからだ。好きに生きろと言った母の気持ちは、実際とは違っていた。電話の向こうで落胆しているのが見えた。枝分かれをした木が成長すればするほど離れるように、わたしと郷里の距離は遠くなるばかりだった。

朝倉さんには申し訳ないが、親より先に逝くのは、一番の親不幸だと彼女は言った。わたしは彼のように命を賭けて突き進むものもない。

もし今の生活を朝倉駿介が知ったらなんと言うか。堕落したと笑うだろうか。生きることを持て余していたような彼の生き方からすれば、さしたる希望もないわたしの人生は、比較にならないほど薄っぺらだ。

ただ日々を静かに暮らしたい。朝倉駿介と違い、見るものを見て、知りたいことを知って生を閉じればいい。ジャン神父のように神との約束を破るほどの宗教心もない。朝倉駿介のように生きる手応えを求めて、苛烈に生きようとする精神もない。

だが心が休まることはない。それは真琴が頻繁に姿を現すようになって尚更《なおさら》のことだ。たった一人の若い女性の出現で、なぜこうも心が波打つのか。

「なんでもない」

「嘘ですよね」

「本当に」

わたしは否定した。

「なんでも他人事《ひとごと》みたい」

真琴は地図を広げた。もうすっかり出かける準備をしている。先日も古い神社を歩いていると、正史とは違う別の歴史が見えてくる、明治維新後、神道国家造りのために、全国の集落に一つ一つ神社を建て、今日では八万余社あると伝えると、真琴は目を輝かせた。わたしは問われるままに何気なく言ったつもりだったが、結局、押し切られる格好で出かけることになった。こちらの優柔不断さがそうさせたのだが、心のどこかに彼女と旅をしたいという感情もあった。

以前、ゼミナールの学生たちと、親睦をはかるということで酒を飲んだ。ひょっとしたら若い頃のジャン神父たちとの集まりを思い出していたのかもしれない。彼らは恋愛や友人関係を愉《たの》しそうにしゃべり合っていた。それを聞いていたわたしも愉快だった。

帰り道に電車事故が発生し、みんなが足止めを食らった。それで電車が動き出すまで、また飲もうということになった。わたしたちは部屋を借りている女子学生の部屋に、始発までいることになった。

そして男子学生三人とわたしは同じ部屋で、四人の女子学生は別の部屋に泊まった。そのうち大学で、こちらが女子学生の部屋に泊まったという噂《うわさ》が広がった。

そのことを同僚の教師に教えられたのだが、どういうことなのか判然としなかった。別々に寝たはずだがどうなっているのか。もしかしたら自分が眠っている間に、なにか問題が発生したのかと逆に心配したが、やはりこちらのことだった。

しゃべっている女子学生に質《ただ》すと、わたしが泊まったのだと言った。わたしがではなく、わたしもだということがわかったが、がともの違いで、言葉が一人歩きしたらしい。その学生が弁明してくれて事なきを得たが、あのとき言葉の怖さを知った。

あれ以来、警戒しているが、たまに彼らと飲むことによって遠い昔を思い出していた。朝倉駿介とのつきあいは、今でも苦い感情に包まれているがいい思い出もたくさんある。だからよけいに悔しいのだ。なぜあの男はもっと胸襟を開いてくれなかったのか。そう思うと呻吟《しんぎん》することばかりだが、若い者たちと集まり話し合っていると、あのジャン神父の気持ちが少しだけ理解できた。

人と人が集まって討論をして知識を深める。それが教育の原点だと言ったが、学生たちのほがらかな表情と、知識に対して目を輝かす姿を目にすると、人はどんなことがあっても、人とつきあわなければいけないと気づかされる。

言葉を交わし人に触発されてまた生きる。朝倉駿介とわたしの関係もそうだったのではないか。あのジャン神父の集まりもそうだったはずだ。

だがわたしは学生が配慮なくしゃべるということを知ると、身構え、距離をとろうとする。自分がジャン神父になれるはずがなかった。

「で、どうされますか」

真琴はいつも聞いているかいないかわからないとこぼし、もう一度どうするかと訊《き》いた。

「いいですよ」

「気乗りしない雰囲気なんですもの」

真琴は表情を曇らせた。わたしは急に宍道湖を見てみたいという気持ちになったのだ。自分の人生が変わった町だ。そして朝倉駿介が亡くなったところだ。

あのとき若かった叔母も老いた。それでも幼いわたしがやってきたことは驚きであったようで、今でも話題にする。彼女の思い出にもなっているのだ。

「できれば実家にも寄ってみたい気がするね」

「わたしもですか」

「泊まってもいいし、最近はホテルも二、三軒できた」

近年、石見《いわみ》銀山は世界遺産にも登録された。その観光客をあてにしてホテルもできた。真琴はそこに泊まってもいい。

「母しかいないからね」

「びっくりされるんじゃないですか」

多分、そうだろう。自分の娘のような学生と戻るのだ。むしろ驚きより心配するのではないか。老いた彼女の狼狽《ろうばい》した顔が浮かぶ。

「なんだか急に緊張してきました」

真琴は両手を胸に当てた。興奮しているのがわかった。

「猫屋敷かもしれないよ」

相手は言われた意味が理解できないのか、見開いたままの瞳を向けた。わたしはそれもまた美しいと感じた。

「お母様は猫を飼っていらっしゃるんですか」

「というより勝手に住み着いたということかな。彼女の目が悪いから、猫が安心して家に住み着いたらしい」

「大丈夫なんですか」

わたしはよくわからないと応じた。母がそれでよければいいし、少しでも生きる張り合いになっていれば、それでいいことだ。

「暢気《のんき》ですね」

「そうみたいだ」

「先生がです。みなさんそう言っています」

わたしが暢気？　そんなふうに見られているのか。一番煩《わずら》わしいのは人間関係だ、わたしはそのことを避けている。その関係が大切だということは知っているが、臆して生きることに慣れてしまったのだ。煩わしいことになるのなら、もう結構だという気持ちになる。

あの朝倉駿介とのつきあいから学んだことは、人の心はわからないということだ。そしてなによりもわからないのが自分の心だ。信じたとしても変容する。信じたくなくても信じようとする。心の中に芯になるものは一つもないのではないか。

「わたしは違いますけど」

悪戯《いたずら》をする猫を追いかける母の姿が見える。畑を荒らして困るという声が聞こえる。そのことが彼女の生きる張り合いになっていれば、悪さをする猫もいい猫に思えてくる。

季節ごとの野菜を送ってくるが、わたしは近頃、あれが食べたい、これが食べたいと注文を出す。すると彼女は懸命につくり、野菜の成長を楽しそうに報告してくる。出来が悪ければ落胆しているし、うまくいけば自慢をする。目的があれば天気も気になる。彼女は息子によって、生かされていることに気づいていない。

先日も野菜が届いたので電話をすると、弾んだ声が鼓膜をくすぐった。なにかあったのかと訊くと、草取りをしていて指先を骨折したと言った。

勢いよく抜いたので尻餅をつき、そばにあった鍬《くわ》の柄《え》に当たったのだと言った。心配すると、骨が折れたくらいなんでもない、心が折れたわけではないと笑わせた。

彼女もまた朝倉駿介のことが忘れられないようだった。忙しく生きてよけいなことを考える時間がなかった、心が折れるような人は恵まれている人ではないかと訊き返した。

お父さんが亡くなったときには途方にくれたわ。人生が真っ暗という感じだった。あなた一人だから生きてこられたけど、もっとこどもがいたら大変だったかもしれない。彼女は息子と話すときはいつも陽気だ。

息子に心配をかけまいとする気持ちが、ながい間に身についたのだ。自分の感情を露呈させないようにしている。それが本当に幸福なのだろうか。

でもこうして生きてこられたのだから、いいことと思わなくちゃいけないわよねえ。どんなことがあっても人生を肯定すること。それが彼女の摑《つか》んだ生き方だった。

「そうかも」

「簡単に言ってしまうなあ」

わたしは真琴の出現で、内向している感情が溶解してくるのを意識していた。

「あの学生はどうしたの」

「それだけではわかりません」

真琴はすでに心当たりがあることに気づいていた。話したくないという雰囲気だ。わたしは自分が意地悪だなと思った。だが訊いてみたいという気持ちが強かった。

「ああ、あの人」

彼女はわざと素っ気なく言った。

「ごめん」

わたしはすぐに謝った。そんなことを尋ねてどうなる？　心が逆にざわつくだけではないか。

「もう終わったことです」

わたしはこの言葉を期待していたのだろうか。きっとそうだ。

「いろいろあるからね」

「一番ないのが先生じゃないですか」

「どうだろう」

「決まっていますよ」

真琴は自分に関わりのある話を受け入れたくないのか、口調は強かった。

「そうだろうね」

「わかるんですか」

少しはねと応じた。実際はなにも知らなくても生きていけるし、知ったところで大差はない気がする。考えることができるから逆に悩むのだ。考えてもなにも生まないことが多いが、それでも思案し、不安を呼び込んでいるのが、わたしたちではないか。

「あの人が目の前からいなくなっても、なんにも変化がないんですもの。でもこうして先生と仲良くなれたのは、彼のおかげですから、悪く言ってはいけませんよね」

そういうことか。あんなことがあったが、それが今はいいことになっているのか。

「気が弱いの。それをやさしさと勘違いしていたんですよ。やさしさと弱さはわかりにくいでしょう？　みんなこちら任せにするんですから」

わたしは彼女の言い方がおもしろくて声を上げた。

「ちょっと可哀想《かわいそう》な気もするけど」

「ああいう男性はもてるから、すぐにまた恋人ができるんです。もうできたと思います」

真琴は関係がないという感じで突き放すように言った。あの学生が気弱に見えていたのは、真琴のほうが優位な関係性だったからだ。

「きみは好かれるでしょう?」

「どうしてですか」

人間も草花と同じで華やかなものに集まる。彼女にはその明るさがあった。

「なんとなく」

「そんなの答えになっていません」

わたしは返答できなくて苦笑するしかなかった。気弱にさせていたのは彼女ではないか。

「それにそんな人はいませんよ。本当はどうでもいいんですよね」

真琴は頬を膨らませた。わたしはそういう仕草も若い者しかできないと、妙なことを思い浮かべながら目尻を下げた。

「顔に書いてありますよ」

「いいかげんに訊いたわけでもない」

わたしはなにも深く考えて言ったわけではない。そのことを少し後悔した。配慮に乏しかったのだ。

「じゃあ、どういう意味で訊かれたんですか」

「軽い気持ちで」

「やっぱり適当じゃないですか」

二人がどういう関係かどうでもいいことだ。だがそう思えない感情に、真琴が深く侵入していることをわたしは知っていた。いい歳《とし》をして自分はなんなのだ。ひょっとしたらわたしに対する罠《わな》ではないか。しかし彼女はそういう人間ではないはずだ。

時折沈んだ視線を見せるが、その翳《かげ》りが逆に美しさを引き立てている。すでに彼女の虜《とりこ》になっているのかもしれない。それを大人げないと感じ、人の目もまた気にしているのだ。

「結婚しようと思われたことがないんですか」

真琴が大きな瞳を向けた。

「驚くじゃないの」

「それでどうなんですか」

わたしは高島早苗のことを思い出した。奔放な女性だった。まだフランスにいるのだろうか。あの頃、わたしは彼女に従順だった。裸の芋虫にもなったし、女学生にもなった。そうしてお互いになにもかも忘れようとしたが、本当に彼女は喜んでいたのだろうか。あなたはなにも抵抗しないのね。服従するばかり。そう言われて関係が終わったが、あのときのことを振り返ると、苦い胃液が込み上げてくる。

いろんな人間がいると知らされたが、わたしもその一人に違いなかった。快楽を貪《むさぼ》るような生き方だったが、彼女は誰よりも深い闇を持っていた。その闇から叫んでいたのだ。

わたしよりも何倍も大きな声で。それを伝えようとしていたのではないか。同じ種類の人間として。そして違うと気づき見放されたのだ。

歓喜の声を押し殺そうともしなかった。繁華街のビルの隙間、映画館、ビルの建設現場。彼女はベッドの中よりも、人の目を意識するほうに快感を覚えていた。

やがてわたしたちは疲弊した。このままいけばどうなるのか？　畏怖《いふ》する気持ちも生まれていた。異常だと思えることが日常になっていたのだ。それで生きる手応えを感じようとしていたのだ。

「なにも聞いていないみたい」

「自分のことが一番わからないんだよ。人間はきっと」

わたしは自分に向かって言った。真琴がそばにいるとどんな話をしても愉《たの》しい。その愉しさが永遠に続くことはない。それは朝倉駿介や高島早苗のことを考えるとわかる。

刺激は刺激でなくなり、異質なこともいつか同質になる。それらのことを受け入れ、少しずつ消していくのも、わたしたちの人生ではないのか。

たった一人の友も、たった一人の女性も、懸命に生きなければ手に入れられないはずだ。わたしは懸命に生きているのだろうか。そんなはずはなかった。ならばたった一人の女性とも友人とも知り合うことがないではないか。

「やっぱり変な人じゃないんですか」

真琴は不満そうに言った。彼女の言葉には嫌みがない。それにわたしが好感を持っているから、言葉がよく届いてくる。それもまた気分がよかった。心が洗われるというのはこんなことなのか。わたしは朝倉駿介と話しているときと同じ感慨を覚えた。

「いつも他人事《ひとごと》みたいなんですから」

真琴と話していて気づいたことは、しゃべり方も話す事柄も、大人びているということだ。その裏側に同年齢の学生たちよりも知識の裏づけがあり、冗談でも言葉に深みや熱があった。

「最近は結婚してもすぐに別れるみたいじゃないか。あれはどうしてだろうね。幸福になりたいと、自分のことばかり考えているからじゃないかなあ」

わたしは話を切り替えた。少しでもよく見られたいという感情が生まれたのかもしれない。

「普通じゃないんですか」

「自分が幸福になろうとすることよりも、本当は、相手の女性を幸福にしたいと思って、結婚をするものじゃないの？　女性もこの人を幸福にする、一緒になりたいという決心が、家族を頑張る気持ちにさせるのじゃないかなあ。こどもにはそういう気持ちはあるけど、夫に対してはそんな気持ちが欠けている気がするなあ」

真琴は黙って聞いている。呆《あき》れているような雰囲気を漂わせていた。

「なんだか独身なのに、そんなことを考えているんですか」

惚れた女性を幸福にする。望もうとしなかった自分が、逆にそんなことを言っているのが面映《おもは》ゆかった。

「そうできないからしなかったんですか?」

わたしは自分の生き方を振り返ってみた。ああしたい、こうしたいという欲求が乏しいのだろうか。だからジャン神父の心が届いたのではないか。しかしその彼も神を捨てた。あの女性を幸福にしようとして、一緒に姿を消したのだろうか。

「そんな気もするし、違う気もする」

「どっちなんでしょうね」

朝倉駿介があの女性を幸福にしたいと考えていたら、あんな死に方をしただろうか。彼もまた自分だけしか見ていなかったのではないか。そしてわたしはどうなのだと振り返ってみた。

こうして研究室に出入りするようになった真琴のことも気にしている。だが拒めない理由もある。わたしがすでに心を動かされているからだ。

7

眼下に日本海に横たわっている島根半島が見えた。飛行機は高度を下げ始めると宍道湖《しんじこ》が目に入ってきた。

わたしはその湖を見下ろしながら、遠い昔を思い浮かべていた。あの頃は東京に出るには夜行列車に乗るか、伯備《はくび》線で岡山に出て山陽本線、東海道本線と乗り継いでいた。その度に富士が見えた。それを見つめながら、母のためにも頑張らなければと思っていた。だから今でもあの山を目にすると、心がひりひりとする感情に支配される。生きることに不安になると、よく見に行った。すると心が落ち着いた。その富士も飛行機で行き来するようになると、目にすることも少なくなった。

「島根半島は海と湖に挟まれているんですね」

宍道湖を見ていた真琴が問いかけるように言った。

「だから雲が低いんだよ」

日本海からの気流が島根半島に当たる。そしてその先の中国山地に流れていく。間にあるのが宍道湖だ。

半島と山地に当たった雲は湖に広がる。八雲《やくも》立つと言われるのも、出雲《いずも》という地名もそのためにつけられた。

しかし日本史の教員は、出雲という地名は別のことだと教えてくれた。太陽信仰の天照大神《あまてらすおおみかみ》を祖先に持つ大和族、その邪魔をするのが雲だ、出雲には大和とは違う巨大な勢力があったと言った。熊襲《くまそ》や蝦夷《えみし》などいろいろな部族がいたが、それが大和族に制圧され混交したのが、今の日本人だとも言った。

「酔ったんですか」

そのことを朝倉駿介に話したことを思い出していると、真琴が訊《き》いた。

「大丈夫」

「いつもそういう答えですもの」

そうなのだろうか。母子で生きてきたことが、本当はまだ影響しているのか。そんなことを考えたが、また大丈夫と言ってしまった。真琴は笑った。

わたしが朝倉駿介と歩いた道を、今、若い女性と歩こうとしていることを、あの男が知ったらどんな表情をするのだろう。

「約束を守ってくれるなんて、あまり思っていなかったんですよ」

「約束は物事の始まり。約束をしないとなにも前に進まないからね。でも結果は別。どうなるかわからないもの」

真琴は一瞬考え込むように視線を伏せた。わたしは彼女と約束したときのことを思った。あのときはつい軽々しくしゃべったことを後悔したはずだ。気安く言ったのも、彼女が拒むと考えたからではないか。

改めて自分から断ってもいいはずなのにそうしなかった。真琴の存在が気になりだしたからだ。そのことを悟られないようにしているが、その感情が露呈したらどうなるかはわかっている。しかしそうはならないはずだ。

「一生懸命頑張っても結果は別物ということですよね」

「たくさんあるよ、そういうことは」

「ちょっと淋《さび》しいですね」

わたしは真琴がなにを思案しているのかわからなかった。

「人生は後悔の連続じゃないの?」

もしわたしが朝倉駿介のことにもっと神経を遣っていたら、彼は別の生き方があったのではないか。わたしもいつまでも拘泥《こうでい》することはなかったはずだ。真琴は返答をしなかった。別れた学生のことを考えているのかもしれなかった。

そのうち飛行機が出雲空港に着くと、彼女は島根半島と中国山地に囲まれた土地をながめながら、ここが神話の国なんですねと呟《つぶや》いた。

「神様といっても人間だからね。確かに山陰はあちこちに神々がいる土地。日本の古い神はこの地方に多いね」

わたしたちはレンタカーを借りて簸川《ひのかわ》の土手沿いを走り、大国主命《おおくにぬしのみこと》を祀《まつ》っている三刀屋《みとや》神社や荒神谷《こうじんだに》や加茂遺跡、それから奥出雲に入って、熊野大社や須賀神社を回った。宍道湖の畔《ほとり》のホテルに着いたときは、もう夕暮れだった。

「きれい」

真琴は湖を照らす夕焼けを見つめて感嘆の声を上げた。低い雲は金色や茜色《あかねいろ》に焼けていた。

「本当に神様がいるみたい。こんなに美しい夕焼けを見たことはないですよ」

朝倉駿介もこの景色を見て言葉を失っていたのだ。こんな風景がこの世にあるんだなあ。神様がいるという気分になるよ。どんな文章でもこの景色は書き表せないとも言った。

それはわたしが住む土地の日本海を見下ろしたときにも呟いたが、人が誰もいなくても、神様は勝手に美しい景色をつくるのだから、人間が偉そうに言うのは傲慢《ごうまん》だと言った。

朝倉駿介はこの景色も、人間の感情も文章で捉えることなくこの世を去った。いったい彼の短い人生はなんだったのか。それともあの女性が、自分のすべてだと思っていたのだろうか。

「涙が出てきそうですよね。神々しくて。どうしたらあんな夕焼けができるのかしら」

わからないことは神秘でもあるが、貴くも感じるのだ。宍道湖の夕焼けはそういうものではないのか。人間がつくれない光景。だから神秘にも思うし、崇《あが》めたい気持ちにもなるのかもしれない。

「でもどこかで目にした景色のような気がするんです。いくら思い出そうとしても思い出せないんですけど。きたことがないのに、そんな気分になるのが不思議ですよね」

真琴は小首を傾《かし》げた。

「昔、きたことがあるんじゃないかなあ」

「母は忙しい人でしたから、家族旅行なんてできませんでしたもの。ただの思いすごしでしょうけど」

彼女は少しずつ闇に支配されて色を失っていく夕焼けを見た。思案する表情は頼りなげだった。わたしは見惚《みと》れていたが、彼女が視線を向けると慌てて目を逸《そ》らした。

夜になると宍道湖に架かる大橋を歩いた。湖を吹き抜ける風は心地いい。暗い湖に街の明かりが揺れ動いていた。

「腕を組んでもいいですか」

真琴は言い終わらないうちに、わたしの腕に自分の腕を通した。拒む理由はなかった。誰も知った者がいないという安心感が、心を解放していたのだ。真琴のやわらかな体温が伝わってきて、わたしの感情は高揚した。

「恋人同士に見えますか。見えたらいいんですけど」

風に乗って微かに真琴のあまい香りが届いてくる。彼女が一段と大人に感じられた。

「お父さんもこんな感じだったのかなあ」

「少し若すぎるんじゃないかな」

「顔も知らないんですよ」

わたしはそうなの？　と問い返した。こちらも父の顔は朧気《おぼろげ》になったが、知らないということはない。彼女が不憫《ふびん》に思えた。

「だから父のような人が好きなんです。歳《とし》が離れた大人の人が。父とこうして歩けたら、どんなに嬉《うれ》しかったか」

「お父さんの代わりというわけか」

大橋の明かりは真琴の表情までは映していなかった。傷ついたのだろうか。

「そういうつもりで言ったわけではありません」

わたしたちは近くの小料理店に入った。カウンターとテーブル席が一つあるだけの店で、割烹着《かっぽうぎ》姿の四十がらみの女将《おかみ》と、七十近い女性が接客をやっていた。客は一組いるだけだった。窓からは暗い湖面が見えた。

「ああ、おいしい」

地酒を一口飲んだ真琴は小さな声を上げた。

「冷や酒だからゆっくりと飲んだほうがいいね」

「母譲りで強いんですよ。あの人に鍛えられましたから。どうしてあんなに飲むのか不思議。貰《もら》い物がたくさんあるでしょ。それを飲んでいるんですよ。きっと淋しさを紛らわせているのかな」

わたしはそうかもしれないと思った。だが黙っていた。

「おかしいでしょう。母の遺伝があるとすれば、それだけのような気がするんですよ」

女将がどんな間柄なのかと耳をすましている。土地の訛《なま》りがないから、観光客だと思っているのかもしれない。実際はわからなかったが、そう感じたのは真琴との年齢を気にしているからだ。いったいなぜこんなことになったのか。わたしの心にはまだ戸惑いがあった。

幼い頃、自分が見た景色や朝倉駿介が感嘆した景色を、真琴ともう一度見たいと思ったのは、突然に逝った彼のことを追憶したかったこともある。いやそれだけではないことを、わたしはすでに気づいている。

この美しい教え子と、旅をしたいという気持ちが芽生えたからだ。それが少しずつ邪《よこしま》な感情に浸食されているのではないか。そのことを気にしているから、女将たちの目が気になるのだ。

真琴を目の前にして飲むわたしは心の高鳴りを覚えていた。彼女が研究室に顔を出すようになってから半年が経《た》っていた。

いずれ帰郷して寺を継ぎ、養子をもらうかもしれないので、その間は自由にしたいというのが彼女の思惑だった。これでも案外と大変なんですよ、わたしは。母のようにお酒を飲んでお経を唱えるだけの人生は厭《いや》。婿さんに住職をしてもらって、自分は勤めに出たいんです。わたしはその物言いに声を上げて笑った。彼女が懸命に考えた節《ふし》があり、それが愉快だったのだ。

うまくいくといいと賛同したが、わたしを調子のいい女だと見ているでしょうと笑った。あの笑顔で一層心が近づいた気がした。

「三刀屋神社は大国主命を祀っていて、古い系図が残っているという伝承もあるし、熊野大社は出雲大社よりも格式が高かった。その出雲大社は、明治のはじめまでは杵築《きづき》大社と呼ばれていたことを、今では知る人が少なくなった。国引き神話に出てくる八束水臣津野《やつかみずおみつぬの》命《みこと》を祀っていた神社は、神社名も変わって長浜神社となっている。この出雲や山陰は、少しずつ歴史から消されている感じがするなあ」

「どうしてですか」

「明治以降の天皇国家造りを、国策としたからじゃないかなあ。神社にも格式があって、神宮、大社、神社とある。神宮は新しくても天皇家と関わりの深いもの、大社は一般には古社、そして神社は、滅ぼされた者の魂鎮《たましず》めや怨霊鎮めのお墓だったりしている」

本当はもっとこんなことを、あの朝倉駿介と話したかったのだ。わたしが神話や伝説に興味を持ったのも、自分がこの地で育ったからだし、あのジャン神父に歴史を知る喜びを教えてもらったからだ。

この山陰には大和族の歴史としてすり替えられたものが多くある。神社名を土地の名前に変えてわからなくしたり、合祀《ごうし》をして、元の祭神をうやむやにする。血縁を繰り返して元々の神々の存在を希薄にする。

歴史は勝者の書き残したものだと思えばそれまでのことだが、神社を歩いていると、今でも真実が塗り替えられている気がしてくる。

「倭人《わじん》の倭というのはちびという意味でしょう？　以前教えていただいたもの」

「お米はミネラルが豊富で、健康にはいいけど、体が大きくなるにはタンパク質の摂取が必要だからね」

「蝦夷《えぞ》や東北という文字も今でいう差別語ですよね。東北は大和から見れば、魔物が出るところだし。出雲と同じように、巨大な勢力があったとも考えられるんでしょう」

わたしたちがこの地方や東北の話をしながら杯を傾けていると、東京の人ですかと女将が声をかけた。真琴とわたしは目を合わせた。

「今はそうですけど」

「二十年前にこの松江に嫁いできたんですが、夫に先立たれましてね、五年前に。こちらは夫の母です。それで二人で素人商売をやりだしたんですよ」

小柄な義母が頭を下げた。

「よく似ていらっしゃるから母娘《おやこ》だと思っておりました」

わたしは二人を見比べた。

「そう言われるんですよ。わたしよりも義母《はは》のほうが気落ちしましてね。それで気も紛れると考えてやることにしたんです。土地の料理はみんな義母に教えてもらったものです」

「おいしいものばかり。それにこんなに大きな蜆《しじみ》は初めて」

「大和蜆というんですよ。この湖の名産なんです。今朝、漁師さんが獲ったものなんです」

「本当に大きくておいしい。忘れられなくなるみたい」

ねっ、と真琴が同意を求めた。

「お義母《かあ》さまには失礼な言い方ですが、夫は失いましたが、この土地にきてよかったと思っています。景色はきれいだし、いつもあの雲の表情を見ることができるんですもの。それだけで幸福」

わたしは彼女の話を聞きながら、こどもはいるのだろうかと思った。いればこうして商売はできないはずだと考え直した。義母と暮らしていく決心をしているように見えた。

「あんな景色ははじめて。なんだか少し哀《かな》しくなりました。ゆっくりと美しい景色が闇の中に消えていくのをながめていると」

真琴が同調するように言った。

「まさか松江でこんなことをやるとは想像もしていませんでした。どこにでも落とし穴はある気がします、人生は。つい懐かしくなって、失礼なことを言ってしまいました」

物腰のやわらかい女将は、丁寧な言葉で詫《わ》びた。

「あんな大人の女性になりたい」

女将がそばを離れると、真琴が小声で言った。彼女は自分でも言うように酒は強かった。酔いとともに瞳が潤み、酒を含む唇も濡れていた。わたしはその表情を真面《まとも》に見ることができなかった。

やがて彼女がほろ酔いかげんになってきたので、店を出てまた湖畔を歩いた。涼しい風は頬に心地よかった。

「なんだか生きていてよかったという気がしません?」

真琴はそう言ってまた腕を絡めてきた。わたしは若いのに少し大げさだなという気分になった。人生を思い詰めたことでもあるのだろうか。

「人間は生きている間が人間だからね。亡くなると人間じゃなくなる」

「おもしろい言葉」

「母親から聞いた話」

「立派なお母さん」

「ただのおばあちゃん」

わたしは明るく言った。気分がよかったのだ。あの人も人生に悩んだのだ。だからあの言葉を摑《つか》んだのだ。

「でも偉い人かもしれない」

母はどう映っているのか。野良着をまとって野菜を育てている姿が見えた。

「だから生きられるだけ生きるしかないんでしょう」

「そういうことになるかなあ」

朝倉の男親の顔が浮かんだ。あんなに泣いている親の姿を見たことがない。あの涙は息子への憐憫《れんびん》だけでなく、自分への悔恨や懺悔《ざんげ》もあったのではないか。

「だからきみもぼくも親より先に死んだらいけないということ」

「わたしはどうなんだろう。お母さんが哀しんだり、苦労することばかりしているもの」

きっと親は誰でも同じなのかもしれない。家庭のないこちらには、その哀しみの深さは理解できない。

やがてわたしたちはそれぞれの部屋に戻った。カーテンを引くと、湖に小さな月が浮かんでいた。わたしはぼんやりとその月を見つめていた。

朝倉駿介はこの夜の湖を見て逝ったのだ。何度思案してもわからない。ジャン神父とあの女性は確かに消えたが、それだけが原因であるはずがない。あれからながい月日が経ったのに、宍道湖の霧のように心が晴れることがない。

目が慣れてくると遠くの山の輪郭が浮かんできた。昼間歩いた奥出雲の山々だ。真琴は訪ねる神社の巨木や遺跡に声を上げていたが、その疲れと酔いでもう眠ったのか。

月は湖の中にある。わたしはその景色を見ていて飽きなかった。ずっと朝倉のことを考えていたからだ。すると電話が鳴った。

「もうお休みになりました？」

「まだだけど」

「少し酔ったみたいで気分が悪いんです」

しかし真琴の声はしっかりとしていた。

「大丈夫？」

「冷たいんですね。先生は」

相手がなにを言っているのか判然としなかった。

「きてもらえませんか」

「今から？」

「お願いします」

わたしは言い淀《よど》んだ。本当に具合が悪ければ行かないわけにはいかない。だが訴えるような声は、一人でも対処できそうな雰囲気だ。顔を出せば、自分でも止められない感情があることに気づいている。沈黙をしていると、真琴も同じようにこちらの心を探ろうとしている。

「わかりました」

わたしは努めて平静に応じた。隣の部屋に行くと、すでにドアは開けられていた。真琴はガウンをまとったまま横臥《おうが》していた。

やはり気分が悪いのか。わたしは水分を補給させるために、コップに水を注《つ》いだ。真琴はそれを受け取ると一息に飲み干した。

「少し飲みすぎました」

そう言って短く舌を出した。ひどく酔っている様子でもない。

「ごめんなさい。いい気分でしたもの」

青白かった彼女の頰に赤みが増してきた。

「山も海も、湖まであって、その上、歴史もあるんですもの、東京と比べたら同じ日本じゃないみたい」

「ちょっと大げさかな」

「時間がゆっくりと流れているんですよね。なんだか自然に包まれて、人間が生かされているという感じ」

朝倉駿介も同じ言葉を呟いた。だとしたらあの男も生き急がなくても、気に入った土地で傷ついた心を癒《いや》せばよかったのだ。

わたしは、川を泳ぐ水鳥たちをながめてこの宍道湖までやってきたが、あの小さな旅でやさしい人たちに出会って、心が癒されたではないか。希望を抱くこともできた気がする。朝倉駿介もこの地にいたら、生きる糧を受け取ることができたのではないか。少なくとも自死するまでは、そう思っていたはずだ。なにが彼をそうさせたのか、命を断つほど思い悩むことがあるのだろうか。

わたしたちがジャン神父の元に集まっていたのは、生きることに迷ったり、不安を抱いていたからだろう。ならばなぜもっと自己を見つめようとしなかったのか。

なにもかも満たされているように見えた朝倉も、人生の道しるべとなる言葉を探していたはずだ。彼はその言葉を拒絶し、わたしは受け入れた。

たとえジャン神父がわたしたちを裏切り、自ら呟いていた言葉を無力化させたとしても、わたしには彼の言葉が心に残った。朝倉、おまえは違うと言いたいのか。

「先生」

真琴がベッドの縁に座ったまま声をかけた。

「心配はいらない」

「この旅行中も上の空で、心ここにあらずという感じなんですもの。わたしと一緒で愉しくない？」

「そんなことはないよ」

わたしは嘘をついてもしかたがないと応じた。愉しいが素直に表せられないのは、こちらに整理できない感情があるからだ。わたしは息苦しさを覚えてカーテンを引いた。自分の部屋にいたときよりも湖は暗く見えた。多分、自分の心がそうだったからだ。

振り返るとそばに真琴が立ち、彼女の息遣いが感じられた。わたしは気づかなかったので狼狽《ろうばい》し一瞬後ずさりをした。

すると真琴がこちらの首に両手を回した。それから胸に顔を埋めじっとしていた。どのくらいそうしていたのだろう。わたしは彼女を抱きしめていた。

直に崩れるようにベッドに倒れると、彼女が唇を重ねてきてあまい声を漏らした。

「いいんです」

彼女は体の力を抜いて見つめている。その言葉がなにを意味しているかもう気づいていた。真琴の胸の膨らみに手を当てると、すでに身を任せるように横たわっていた。呼吸は乱れ、堪《こら》えきれなくなるとながい吐息を洩《も》らした。

「苦しい」

真琴は一層しがみついた。その言葉に呼応するように胸元を開くと、豊かな乳房が胸一杯に広がった。いいんですから。熱い息が耳元で響き、その言葉がわたしの感情を一段と高ぶらせた。どうなってもかまわない。そんな感情に支配され、後はなにも考えられなくなっていた。もう自分を制止するものはなにもなかった。

真琴のガウンを剝いだ。無駄のない白い肢体が現れた。彼女は目を閉じ息を殺していた。突起した乳頭に触れると身を硬くし、ためらったわたしの指先も止まった。

「いいんです」

こちらの気持ちを促すようにかすれた声が洩れた。真琴の細い腕が伸び、わたしの背中にまわった。

そのときベッドサイドテーブルに置いていた、彼女のスマートフォンが震えた。青いランプが小刻みに点灯している。真琴はわたしから離れず、震動が止まるのを待っていた。

「いいの?」

「母みたいです」

真琴は手に取って言った。

「出なくていいの?」

「どうせ一人で飲んでいて、話し相手がいないからかけているだけなんです」

すると今度はわたしのズボンのポケットの携帯電話が鳴った。音は部屋の空気を震わせていた。母からだった。一瞬戸惑ったが電話を開いた。着信音が出るようにしているのは、高齢の彼女になにかあったらという心配からだ。

「もう寝ていたの？」

母の声が飛び込んできた。わたしは言葉を止めた。

「具合でも悪いの？」

「どうして」

「そんな感じだもの」

勘のいい彼女は息子の動揺を察知していた。

「それで？」

今の真琴との関係を悟られないように、性急に訊き返した。

「なんだかいつものあなたと違うみたい」

「変わらないよ」

わたしはわざと明るい声で応じた。

「明日がお父さんの命日だということを、伝えるのを忘れていたの。それで行ってもらえないかと思って。そしたらあなたにお客さんがいるということに気づいたから、それで気になってね」

「いつも行っているじゃないの」

「あなたたちの予定がわからなくて」

「心配しなくていいよ」

それならよかったと言ったが、彼女はそれでも電話を切ろうとはしなかった。こちらの気配を探ろうとでもしているのか、なにか話をつなげようとしていた。

「お父さんも喜ぶもの」

「じゃあ、切るよ」

「そお」

「ほかになにかある?」

母はようやく電話を置いた。わたしと真琴の行為を見定めたように、彼女たちは電話をしてきたが、母は教え子とのことを気にしたのだろうか。

薄闇の中でじっとしている彼女の姿が見える。その向こうに海を見つめるように立つ父の墓が見えた。あの電話は、真琴とわたしの今からの行動を、彼女たちが諫《いさ》めるものではなかったのか。

急に我に返り振り向くと、真琴は起き上がりガウンを身につけていた。わたしと視線が合うと、わずかに白い歯並みを見せていた。

8

わたしは暗い湖面に視線を投げていた。真琴《まこと》も同じように視線を向けた。二人でしばらく湖を見続けていたが、夜の闇の中でなにも見えなかった。暗い空間がどこまでも広がっているだけだ。

「金沢にいたときも、よくなにも見えない夜を見ていたんですよ。夜が好き」

わたしもそうだった。そうすると心は落ち着いたが、その後に言いしれぬ淋《さび》しさが襲ってきた。あれはなぜだろう。夜の闇はそういう作用を誘うのかもしれない。

「行ったことがありますか」

真琴が静かに訊《き》いた。

「一度だけ」

「どうでした?」

「いいところだった」

確かにそうだった。朝倉駿介に出会った土地だ。いい思い出があるところだったが、今は違う。あの愉《たの》しかった光景が苦い感情を伴って蘇《よみがえ》ってくるのだ。

「そう思いますか」

「もちろん」

わたしの言葉には力がなかった。

「早く東京に出ることばかり考えていました。三人の暮らしだけですし。あの人はいい人なんですけど。一緒にいると、だんだんと可哀想《かわいそう》な気持ちになってきて。女として。それにおじいちゃんも亡くなったから、あのお寺で一人なんです。女としてあれでいいのと思います」

そう言える真琴は女だからだ。彼女の気持ちはわかる。わたしもそうだったのだ。母が女を棄《す》て、犠牲になっていると考えていたのだ。だからよけいに東京に出たいという感情を募らせたが、本当は彼女から逃げ出したかったからではないか。

「いずれは帰らないといけないんですもの。そうしないと家族が生きていけませんものね。だからお母さんもお坊さんになったんですもの。なんだか哀しい」

真琴は人生を縛られることを嫌っている。だが従わざるを得ない。もっと自由に生きたいと願っても、それを叶《かな》えようとすれば家族が破綻する。そのことを十分わかっていても、まだ受け入れたくないのだ。

「先生のような歳《とし》の離れた男性が好き。それに先生は人の痛みを知っている気がする」

真琴はわたしの負い目を知っているということなのか。若い女性なのに人の心がわかるというのか。

「知らなかった」

「それに父の顔を見たことがないからかなあ。つまりはファザーコンプレックスなのかもしれない。父のお墓もお寺にないんですよ。なにか変な感じでしょう? お母さんが嘘《うそ》をついている気がして。一時は疑ってばかりいたんです。それにお寺には一つだけ墓石に十字架を刻んだものがあるんです。なぜそれがあるのかわからないんですけど、お母さんはそのお墓に供え物をしたり、お経を上げたりもするんです。キリスト教のお墓がなぜあるのかもわからないんです」

「なんだろうね」

「母も話をしてくれないし」

「全然?」

「一切話さないです」

真琴の言葉は強くなっていた。

「それは不思議だね。戒名はなくても名前くらいはあるでしょう」

「ジョンとかジャンとか書いていました」

わたしは急に胸騒ぎを覚えた。

「一時はわたしのお父さんかもしれないと、妄想していたことがあります。それで自分の目の色を何度も鏡で見たことがあります。髪の毛も隅々まで見たんですけど、どう見ても、外国人の血が混ざっているようには見えないの。全部、日本人ですもの。ちょっとがっかりしました」

ジャン神父の墓ではないのか。わたしは笑みを浮かべている真琴を見つめた。

「檀家のものではないし。お参りにくる人もいないんです。一度も見たことがないですもの。それに墓地の隅っこだから、気づく人も少ないから、母も助かっているんじゃないかしら。とにかく妙な親です。お坊さんなのにキリスト教にも明るいんです。宗教だから似ていることや、共通することがあるんでしょうけど」

ジャン神父の墓がそんなところにあるはずがない。亡くなっていても不思議ではない年齢だが、わたしにはなにもわからなかった。

思案していると朝倉駿介の言葉が聞こえてきた。金沢はね。好きな女性の故郷なんだ。それできてみた。やっぱりいいところだよ。あの男はほがらかな口調で言った。

恋人？　と問いかけると、返事の代わりにもっと明るい笑顔を見せた。わたしが素直に羨ましいと言うと、まあねと鷹揚《おうよう》に応じた。もうあの笑顔を見ることはないのだ。

「仏教に五障三従《ごしょうさんじょう》という言葉があるんです。女性は不潔で人の悪口も言うし、五つの差し障りがあるから、仏陀や魔王など貴い人にはなれない、三従は、女性はそういう人間だから、幼いときには父親の言うことを、嫁いでは夫の、老いては子に従えという意味なんですが、わたしはこの言葉が大嫌い。でもあの人は事実だからそれでいいと言いました。女性は嘘もつくし、人のせいにもするからと言って。そういう女性が前に出てくると、世の中がおかしくなるから、三従でいいと。それに一番不浄なものは血だから、女性が不浄だと思われるのは当たり前。男性みたいなことを言うんですよ。変な人なんです」

真琴は母親のことを詰《なじ》るような言い方をしたが、言葉は温かく感じられた。わたしは朝倉駿介たちのことを思い返して、まともに聞いていなかった。

ジャン神父と朝倉駿介の女性のことを思い浮かべていたのだ。もしかしたらという気持ちが、すでに自分の中で確信的な感情に変わっていた。

「でも偉いお母さんじゃないの」

わたしは人違いであってほしいというおもいになっていた。あの女性のこどもが、目の前にいる真琴なのか？　しかしジャン神父とは似ていない。

「世間の人はそう見てしまいますよね」

「だろうね」

真琴は黙った。なにか他人に秘密があるのだろうか。知人に話せても身内にはしゃべれないものはある。またその逆だってある。

「あなたのお父さんのお名前はなんと言うの」

わたしは決心して訊いた。

「父の名前ですか」

そんなことを訊いてどうするという感じで、真琴は問い返した。わたしは視線をずらさなかった。

「國分《こくぶ》じゃないみたいですけど」

彼女が戸惑ったのは、そのことのほうかもしれなかった。

「朝倉です。朝倉駿介という人です」

やはりそうだったのか。あの女性はジャン神父のこどもではなく、朝倉のこどもを産んでいたのか。それが真琴なのか。

ならばどうして逃げることがあったのか。ジャン神父とあの女性は間違いなく一緒に姿を消した。それも朝倉が亡くなった要因ではないか。

わたしは真琴を見つめた。あの女性と朝倉の面影を、彼女から見つけようとしていたのだ。確かに真琴は朝倉駿介に似ている。わたしは言葉を発することができなかった。

「お顔が真っ青ですよ」

彼女にそう言われても言葉が出てこなかった。これは現実なのか。わたしは平静さを失っていた。自分が現実にいないのではないかとさえ感じた。

「さっきのわたしみたいになりますよ。少しお休みになったらいかがですか」

「朝倉くんのことはお母さんに訊いたの?」

わたしは咄嗟《とっさ》に朝倉くんと言ったことを後悔した。今度は真琴の顔色が変わった。

「ご存じなんですか」

わたしはいやと言い淀《よど》んだが遅かった。真琴の表情は急にゆるみ、大粒の涙が頬を伝った。

「人違いかもしれない」

そんなはずがないことは、わたし自身が一番わかっている。しかしそれ以外に言葉が浮かばなかった。

「父のことを知っていたんですか」

「親友だった。あの頃は」

しかし朝倉のことをしゃべりたくなかった。相手は娘ではないか。自分の子がいたなんて、あの男が知るはずがない。知っていればあんなことにはならなかったはずだ。どうしてそんな関係でありながら、ジャン神父と逃げたのか。まして朝倉が自死したとは真琴に言えるはずがない。

「お父様のことをいろいろと知っているんですね」

泣いた真琴の目が急に輝いた。

「お母さんよりは知らない。きみのお父さんが朝倉くんだとしても」

それは正直な感情だった。わたしは朝倉駿介のなにを知っているのか。なにも言い残さずこの世を去ったのだ。だからこの数十年、おもいを巡らせていたのではないか。朝倉を知ることによって、自分を知りたいのだ。彼のなにを知っているというのか。それにわたしは真琴になにを伝えればいいというのか。

「母はお父様のことも、あの十字架のお墓の人物のことも、なにもしゃべってくれないんです」

こうして教員になっているのも、本当は彼らの影響があった。それにジャン神父と朝倉駿介の話をしたとしても、真琴に伝わるだろうか。自分を育ててくれた母親を詰る原因になるかもしれないではないか。また知ったとしても今更なにになるというのか。

しかしそれは違うということを、わたし自身がよく知っていた。こちらもまた早くに亡くなった父のことを、知りたくてしかたがなかったのだ。まして真琴は生まれる前に父親を失っている。知りたいという願望は大きい。その哀《かな》しみは誰よりもこのわたしがわかる。

「誰でも秘密を持って生きている」

「なにも判断できなくて、悩み続ける人だっているでしょう？」

真琴は自分のことを言ったが、それはわたしのことでもあった。もうあの世に行って訊き出すしかないが、朝倉は誰も信じられないほどの深い孤独を、背負っていたということなのか。

それとも父親にもあの女性にも絶望したということなのか。あの男が自分の感情を、コントロールできなかったというだけではすまされない。本当に真琴の存在を知らなかったのだろうか。

わたしはようやく正気に戻ってきたが、真琴が朝倉駿介のこどもだということが、やはり信じられなかった。あの女性は朝倉のこどもを宿していながらなぜ逃げたのか。あの神父が破戒するほどのなにがあったのか。

「父の顔も知らない。認知もされていない。自分が何者かということで、ずっと悩んだこともあるんですよ。つまりは私生児というわけですもの」

真琴がふと翳《かげ》りを見せるのはそのためだったのか。明るい表情とその落差を美しいと思っていたが、その翳りの元は朝倉だったということか。

「写真なら何枚か持っているよ」

「本当ですか」

真琴の表情が一気に華やいだ。

「一番仲がよかった男だからね」

「母が父と仲がよかった人がいたと言っていましたけど。だからはじめからなんだかいい人だなと思ったのかも」

真琴にようやく明るさが戻った。

「それはありがとう」

わたしは自分が落ち着いた気分になっているのが嬉《うれ》しかった。こんなことを知ったら朝倉はなんというか。真琴の母親はどう思うだろう。

「父のお墓はないのに、あの十字架のお墓はあるんですもの。なにを考えているのかわからない親です。父のほうがずっと歳下ですもの。だから不安に思ったのかしら」

真琴の拘《こだわ》りは消えそうにもなかった。多分、彼女が亡くなるまでその疑問は消えないはずだ。じゃあなと手を上げ、直に逝ったのだ。暗さも哀しみも感じさせなかった朝倉の笑顔は、今も脳裏に焼きついたままだ。

「忘れなければいけないことは、たくさんあるからね」

「少しずつ忘れていって生きるのが人間なんでしょう?」

あの世に行く者はなにもかもこの世に残していく。思い出すことも忘れることもないはずだ。そうできるのはこの世にいる人間だけだ。

「母にどんな人生があったのかと想像するんです。あのお墓の人の影響を受けたんですよね。きっと」

あの女性もまた迷いや後悔の中にいるのではないか。自分が棄てた男のこどもを育てる苦しみは、そう簡単に取り除けないはずだ。

「わからないものはわからないままにしておくのが、いいのかもしれない」

わたしは何度も自分に向けた言葉を、真琴に伝えた。

「でも自分が誰であるかは知りたい」

その晩、わたしは朝倉駿介のことを話した。ジャン神父のところで知り合ったこと、毎日のように会って言葉を交わしていたことなどを話した。朝倉が自死したことはしゃべらなかった。

真琴は自分の生の証《あかし》を探り当てるようにじっと聞き入っていた。わたしはこの宍道湖の風景や、自分の郷里から日本海をながめたことを伝えた。真琴は朝倉駿介のことを知っていくと、口数が少なくなってきた。思い出は苦くもあるが美しくもなる。わたしは美しさのみを伝えていた。

9

やがて明け方になり部屋に戻ったが、真琴《まこと》は知らないことを知って安堵《あんど》していたが、逆に割り切れない感情も芽生えた様子だった。

しかしその矛先をわたしには向けなかった。配慮してくれたのだ。あるいは知って、ほかの不安を抱くことを拒絶したのかもしれない。真琴にはすべてを話すことはできなかったが、はじめて人に朝倉駿介のことを伝えて、わたしは小さな安らぎを覚えた。それもあの男の娘にだ。

自分の部屋に入っても寝つけなかった。まだ高揚していたのだ。それでも疲労した体に負けたのかいつしか微睡《まどろ》んだ。

気づくと朝の陽射《ひざ》しが進入していた。時計は六時をすぎていた。真琴の部屋からはなにも聞こえない。まだ眠っているのか。話を聞いてきっと眠れない朝を迎えているはずだ。

朝の宍道湖《しんじこ》は霞《かすみ》がかかり空も重かった。低い雲が分厚く横たわっている。靄《もや》の中でいくつかの小舟が浮かび、漁師が竹竿《たけざお》を立て蜆《しじみ》取りをしている。宍道湖の蜆は大和蜆といって、全国的に有名なんですよ。女将《おかみ》がそう言って大粒の蜆汁を飲ませてくれたが、あの言葉が蘇《よみがえ》ってきた。山も海も、湖まであって自然の宝庫だったのに、今はなにもかも漁獲量が減少したみたいです。一度破壊したら自然と言えないのに、自然との調和などと言って破壊し続けています。女将の言うことは本当だろう。下界は汚染されているが、手の届かない天界からの恵みが、美しい宍道湖の夕焼けをつくっているのだ。

わたしはそんなことを思いながら薄れていく朝靄を見つめた。真琴はどうしているのか。若かった頃の朝倉と自分のことをしゃべったが、一言も逃さないように耳を傾けていた。

ようやく自分の知らなかった過去をつなげることができたのだ。もしあの男が生きていて、真琴の姿を目にしたらなんと言うか。なに一つしゃべらず、なに一つ残さず、この世を断ち切った。

そんなにも強い怒りや絶望を抱いていたのだろうか。たとえ耐えきれない感情があったとしても、明日があるということを信じなかったのだろうか。

真琴は美しい女性だ。物事にもはっきりと応じる。朝倉によく似ている。言葉というのはね、相手に伝えるということも重要だけど、それよりももっと大切なのは、相手に判断させるということだよ。だから噓《うそ》をついたり、言葉で身を守るようなことをしてはいけない。朝倉の言葉が届いてくる。性格のまっすぐな男だった。それが災いしたのか。

わたしは真琴に言わなかったことはあるが、伝えたことに噓や偽りはなかったはずだ。彼女は的確に判断しただろうか。自分の知らなかった父親のことを知った彼女が、平静でいられるはずがない。眠れない朝を迎えているはずだ。

蜆取りをする漁師の輪郭がはっきりとしてきた。彼らの姿はあちこちに点在し墨絵のようだ。朝倉駿介はこの朝の風景を見ていないはずだ。

人が生きていく営みを目にしたら、心も変わっていたのではないか。それともあの神々しい夕焼けを見たから、心を吸い取られたとでもいうのだろうか。美しいけど哀しくなったと呟《つぶや》いた真琴の言葉は、本当は朝倉駿介の言葉ではなかったのか。

中国山地の山合いから急速に朝がやってきている。陽射しが山陰から上ってくると、湖に生気が戻っていた。

湖面に朝日が延びている。水鳥が水面を走るように泳いでいる。なにもかも生き生きとしてきた。わたしは夕暮れと違う朝の景色に見惚《みと》れていた。

直にチェックアウトの時間が近づいてきた。真琴からはなんの連絡もない。わたしは胸騒ぎを覚えて電話をしたが、応答はなかった。

散歩でもしているのか。湖畔にはジョギングをしている年輩者の姿があるだけだ。わたしは急いでフロントに連絡をした。

「もう出発されていらっしゃいますが」

「どういうことですか」

あの晩と同じではないか。朝倉も真琴も笑顔を見せて別れたのだ。二人の笑みがわたしの中で重なった。血が急に沸騰した。

「そう言われましても」

「なにか伝言はありませんでしたか」

係の女性は少々お待ちくださいと言った後に、なにも伝言はないと応じた。いったいどういうことなのだ？　わたしは不都合なことを言ったのだろうか。朝倉のときもそのことを考え続けたのだ。

携帯電話を取り出すと、真琴からメールの着信が入っていた。「まだ眠っておられると思いますが、わたしは一睡もすることができませんでした。でもなんだか清々《すがすが》しいのです。ようやく父と自分が、血だけではなく、親娘《おやこ》としてつながった気がします。今、嫁ヶ島の近くにいます。朝の嫁ヶ島はしっとりと落ち着いていて、夕陽に照らされる島もいいものですが、朝の島もなんとも言えないものがあります。朝靄がまだ消えなくて見えなかったのですが、ようやく姿を現してきました。わたしの中で若かった父の輪郭が見えてきたのと同じようです。先生と親友だったと聞いたときには気が動転し、目眩《めまい》すら覚えたほどです。ひょっとしたらお酒がまだ残っていたのかもしれませんが（笑）。先生、ありがとうございます。こうしてお会いして、お二人が旅した土地にきて、これも父の導きかもしれません。わたしはそう思いたいのです。それにしても父がいい人でよかった。そのことが先生の言葉の端々から強く感じられましたもの。なんだか胸が熱くなりました。父は亡くなりましたが、母が一人で育ててくれる決心をしたのだと思います。まだあのお墓の神父のことなどわからないことがありますが、もう母を困らせないようにしたいと思います。先生がご存じだということはすぐに気づきましたが、でも神父のことは母が話してくれるまで、もう訊《き》かないのが賢明だという気がします。いつか先生がおっしゃったように、秘密は神秘だということにも気づきました。秘密こそが貴いとも言われておりましたよね？本当にそんな気もしてきました。わたしの知らなかった父は、神秘でいいし貴い人だと思うことにしたのです。ずっと。父とお墓の神父となにか関係があったとしても、もうどちらもこの世の人ではないのですから。死んだ人たちはわたしたちを助けられないですし、今、生きている人たちが助け合わなければいけないのでしょう？　そんな当たり前のことに、今ようやく気づきました。どうかしていますし、恥ずかしいかぎりです。上辺だけではなく、母の哀《かな》しみがようやくわかりました。彼女は自分の秘密を、きっとあの世まで持っていくつもりなのです。父が先生と同じ年齢なら、母から見ればまだ幼かったのかもしれません。まして小説家を目指そうなんて、少し変だと思います。人間はお金が欲しければお金を、父がいなければその父を、ちょうど欠けた月が満月になることを望むように、失っているものを見ようとする心がある気がします。母は娘のために再婚もせず、欠けたものを放置したのだと思います。仏教徒で、なおかつお坊さんなのに、聖書も読むおかしな人ですが、やはり念仏を唱えているときが、一番心が落ち着くと言っていました。いずれわたしもそうなるのかもしれませんが、それはそれでいいと考えています。決して諦めて言っているのではありません。父に先立たれたことも、先生と巡り会えて、わたしの知らなかったことをたくさん教えていただいたのも、神様の導きや悪戯《いたずら》ではなく運命だと思うことにしました」真琴のメールはながかった。長年心の中に溜《た》まっていた澱《おり》を吐き出すように綴《つづ》っていた。

わたしは湖面に目を向けた。朝靄はもうどこにもなく、陽射しが上がり、目に痛かった。真琴も見えない宍道湖を見つめていたのか。静かな湖面と同じように心を静謐《せいひつ》にして書いたというのか。

メールを読んだわたしの心も朝方の興奮とは別に穏やかだった。やはりわかってくれたのだ。どう話しても、朝倉駿介のことは届かないのではないか。そう思い込んでいた。

その危惧を抱き続けて話したが、真琴の素直な文面に安堵させられた。わたしは重苦しかった感情が解きほぐされるのを感じていた。

「でも本当によかった。心が洗われるというのは、こんな気持ちかもしれません。ずっとこびりついていたものが、突然剝がれたような喜びがあります。陽が射す宍道湖のようです。今朝、内緒で出かけたのも、まだお休みだろうということと、わたしの気分が塞いだというのではなく、その逆だということですから、心配なさらないでください。いろいろなことがわかって、嬉《うれ》しくて、眠ってしまうのがもったいない気がしたのです。わたしはわざと明るくして、無理をして生きていた気がします。これも先生のおかげです。父と親友だったということが、なによりも嬉しいのです。いい運命で、神仏のご加護という気もしてきます（笑）。あまり信じていないわたしが言うのもおかしなものですが。それからわたしは東京に戻るのではありません。先に出ましたが、先生との約束は守るつもり。約束は物事の始まり。結果は別ですけど（笑）。そうですよね。授業でそう伝えられたときに、この先生はいい人ではないかと正直に思いました。約束をしなければ先に進めない。頑張ってもうまくいかないこともある。だけどなにかを摑《つか》むんじゃないかなあ。そんなふうにおっしゃいましたよね？　父は作家に、先生は先生に。そうして結果が違いすぎたということですよね。今はその言葉の意味がわかります。父と先生の約束だったということが。昨晩、聞いた父のことを思い出し、今日は彼が歩いた場所を、一つ一つ歩いてみようと思います。彼がどんな景色を見たのかもっと知りたいのです。そうしたらお家に伺って、お母様にもお会いしたい。今晩は駄目かもしれませんが、明日にはまたお会いできるはずです。話していただいたことは、母に伝えないことにしました。わたしと先生だけの秘密。そのことが先生と父、そしてわたしの秘密として、貴いもののような気がするでしょう？　それに今更彼女を動揺させたくないのです。弱い人間は人を裏切るとも言っていましたし。あんなに念仏を唱えて、心を落ち着かせている人ですもの。だからお母様に謝っておいてくださいね。必ず訪ねますもの」

それからこんなに親指が疲れたのははじめて、まだ書きたいことはあるが、会ったときに話すことがなくなると困るからと、明るい言葉で終わっていた。

わたしは何度も読み返した。真琴の華やいだ心は真実だろうかと思案したからだ。電話を入れると、電源が切られたままだった。誰とも連絡を取らず、もっと自分の世界にいたいということか。

もし幸福が心を満たすということであれば、今、彼女は幸福の中にいるということになる。わたしはそう思って携帯電話を閉じた。その幸福が一過性のものであっても、いいことだと思えたからだ。そして母のことをまた思い出し、改めて電話をした。彼女はなかなか出なかった。

「あなただと思っていたわよ」

母は息を切らして言った。

「なにもそう急がなくてもいいのに」

「ほら、急ぎたいときもあるでしょう。あなたたちが帰ってくるんですもの」

生きている間は、子は親を追い抜けない。そう言った彼女の言葉が聞えてきた。親の幸福は子が幸福と感じなければないのだとも言ったが、彼女の幸福はあるのだろうか。

「夕方には戻るつもり」

「猫屋敷でしょう。猫を嫌いな人もいるし、どうしようかと心配していたの。それとお年寄りの集まり場所になっているから、しばらくはやめてもらおうと思って。あなたたちが神経を遣うといけないもの」

「知っている人ばかりなのに」

「親子や学生さんとの会話もあるでしょう」

彼女は陽気だった。わたしが黙っていると、どうしたのかと訊いた。ながい間の母一人子一人の生活で、気を遣うことが習慣になっているのだ。

「今日は一人」

「そうなの?」

彼女は拍子抜けしたような声を上げた。

「明日になるみたい」

「あら、残念」

「用事ができたらしい」

「でも明日にはこられるんでしょう?」

息子の学生をはじめて見る彼女は、気持ちを高揚させている。教え子を一度も見たことがないのだ。

「朝倉駿介って覚えているよね」

「仲のよかった人?」

母の声が急に湿った。

「彼のお嬢さんだった」

「誰が?」

「明日くる学生が」

なぜそんな娘がくるのか。母は判断できないようだった。

「どういうこと?」

「昨日、知った」

また言葉がなかった。一層理解できない様子だった。無理もないことだ。わたしも同じだったのだ。

「お子さんがいらしたの」

「そうらしい」

「本当のこと?」

母は心を揺さぶられているようだった。

「朝倉に似てきれいな学生だよ。よかったさ」

わたしは正直に伝えた。あの男の命がつながった気がしたのだ。たった一条の光でいい。この宍道湖の夕暮れの陽射しのようにあたりを照らしてくれる。今朝のように幸福に転化する。

「あなたとどういう関係?」

母の不安は増幅していた。

「教え子だよ」

「あの方にお子さんがいたんだねえ」

その後の言葉は言わなくてもわかった。それならなにも死ななくてもよかったのではないかと言いたいのだ。

「松江から一人旅をして、明日寄ってくれるらしい」

「お会いしたいねえ」

「思慮深いし聡明な女性だよ」

そう伝えた後にわたしの心にふと淋《さび》しさが走った。朝倉駿介の娘だと知らなかったら、どうなっていたか。抱擁した後に崩れた真琴の体の温もりが胸にまだ残っている。心を奪われていたのだ。愛《いと》しい女性だったのだ。その輝きが宍道湖の美しい夕焼けのように、この腕の中から消えた。

「それで連れて帰ったの」

「神社歩きをしたいって」

「それだけ?」

「ほかになにかあるの」

わたしは穏やかに言った。

「なーんだ」

「朝倉に叱られる」

「わたしも惚《ぼ》けたのかも。あまりに周りにたくさんいるから伝染したのかもしれない。妄想も逞《たくま》しくなるし」

彼女は弁明するように応じた。会えば妄想は夢に変わるかもしれない。だが朝倉の影を背負っていくわけにはいかない。

「なにがおかしいの」

わたしが笑っていると母は怪訝《けげん》そうに問い返した。

「また勝手な夢を見ようとしているんじゃないの」

「誰のこと」

母はとぼけた。

「あなた」

「もう近頃はあの世に行く夢しか見ないものねえ。亡くなったお父さんもおばあちゃんも呼ぶのよ。もう少しいさせてくださいと頼んでいるのに」

「少しあつかましくない」

わたしは冗談を返した。

「猫のこともあるし、集まる友達のこともあるわ。猫を里子に出すだけでも大変。子猫が生まれた春先から夏は、そのことでてんてこ舞い。それにわたしがここにいないと、あなただって戻ってこなくなるでしょう。お父さんのお墓だって、雑草だらけになるし、猫でも住んでいると、家に活気があるわ」

「人間のこどもだったら犯罪だ」

わたしはわざと脅かした。

「間違いないわねえ」

「小さな土地だから猫の身内ばかりになってしまうよ」

「この子たちのほうが、人間よりも気高く生きている気がするわ。自由に生きているもの。それに看取《みと》られて死にたいというのは、人間だけでしょう。この子たちは死に場所を求めて、自分だけで死んでいくんだもの」

彼女はそう言って数日前から姿を晦《くら》ました老猫のことを話した。もう戻ってこないと諦めている様子だった。それでも彼女は気忙《きぜわ》しくしている。そうしなければ張り合いを感じないのだ。

彼女の夢を破って生きてきた息子が、どんな暮らしをしているのかも知らない。健康が一番と言うだけで後はなにも言わない。猫の生き方に学んだとでもいうのか。人よりも遅れてもいいから、今でも人並みに生きてくれと願っている。その夢が成就することはないのかもしれない。彼女の血が朝倉駿介のように未来につながることはないはずだ。そう考えると、陽気にしている彼女が哀しくも見えた。しかしなにも言わないのは、彼女の中にこちらに対する悔恨が残っているからではないか。

「どんなお嬢さん?」

朝倉駿介と一緒に戻り今度は彼の娘だ。彼ら二人にわたしは心を動かされたのだ。どちらも心に痛みの残る旅だったが、今度は違う。國分《こくぶ》真琴は生きる希望に燃えているはずだ。

「あの方はいい人に思えたんだけどねえ。わからないわね。どこまでいってもわからないことばかり」

人間の複雑な感情を文章で摑むと言っていた朝倉は、なにを摑んで逝ったというのか。

「そうだねえ」

「じゃあ、明日、二人で待ちましょうよ。本当によかった。やっぱりいいものなのね」

「なにが?」

「人生が。ご褒美をいただいて愉《たの》しいこともあるもの」

母はわたしと同じように、朝倉の命がつながったと思っているのだろうか。幸福が一過性なものであったとしても、ないよりはいい。

「早くお会いしたいねえ」

母は真琴を、孫娘のように接するのだろうか。すると急にまた愉しくなってきた。

「変な子だねえ。笑ってばかりで、あなたも変わったわ」

そうかなあと言って電話を切ったが、心を通わせ合うのが親子なら、遠く離れているからこそ、その関係性が逆に強くなるのではないか。

わたしは身支度をしてからもう一度朝の静かな湖を見た。もうこうして見下ろすこともないだろう。真琴がきたら、朝倉駿介には見せなかったあの峠の景色を、今度は見せよう。朝倉は人生を否定したが、わたしはしたくない。生きているからこうして心が豊かになることもあるのだ。

それから改めて真琴に連絡してみた。すると今度はつながった。

「ごめんなさい」

彼女のほうが唐突に謝った。

「なにかあったの？」

「ながいメールを書いてしまいましたもの。それに恥ずかしい」

「朝倉のことが伝わってよかった」

「本当ですか」

真琴の声は軽やかだった。

「いろんなことがあっての人生だから」

「ありすぎですよ」

「もっとあるんじゃないの」

「厭《いや》だなあ」

真琴は今、日御碕《ひのみさき》の灯台ですと言った。

「そんなところにいるんだ」

「灯台に上がっているから、日本海がみんな自分のものみたい」

嬉しいことや愉しいことは滅多にあるものじゃない。朝倉のことも含めて、愉しかったことだけを思い浮かべて生きていきたい。それが人間の営みを豊かにしてくれるのではないか。わたしは急にそんなことを思った。わたしもまた解放されたのかもしれない。

「ここでは上座に須佐之男命《すさのおのみこと》神社があって、下座に天照大神《あまてらすおおみかみ》神社があるんです。須佐之男命のほうが、上の立場みたい。隠して隠せないものがあるんですよね。たくさん。これもその一つですよね。昨日、先生が話してくれたのもそうだったのかもしれない。知らない父の姿を教えていただいて、彼の見方が変わりましたもの。こんなに明るい陽射しの国なのに、山陰という名前もおかしいと思うようになりました。昔はこちらのほうが大陸に向かって開けていたのに、権力が代わると反対になってしまうんですもの。先生が神社を歩くのも、なんとなくわかった気がします」

「それはありがたい」

「見方を変えればいいんですよね。見えるものも変わってきますもの」

その通りかもしれない。世の中は見方次第で人間も景色も変わる。考え方も変えなければ、なにもかわらない。朝倉駿介もそうすればよかったのだ。

「母親が楽しみにしていたよ。猫屋敷だからいやがられると心配していた。それにきみが朝倉のお嬢さんだと言うと驚いていた」

「親子二代ですものね。今度、先生がこどもの頃に、自転車で行ったという道を行ってみませんか」

あの山道を困難だと思わなかったのは、若さと意気込みがあったからだ。今のわたしにはそれはない。整備された道路と同じように平坦な道を歩いている。だがあの変わらない景色は、もう一度見てみたいと思った。

「約束ですよ」

「ちょっと自信がない」

「わたしがついていますから」

「愉しそうだ」

あの頃のつらさや苦しさが、日本海を一層美しく見せたのだ。少しずつ光が力を失うまで見続けていたが、あれがわたしの人生の始まりではなかったのか。

「八雲立つ　出雲八重垣　妻籠みに　八重垣作る　その八重垣をという和歌を知っていますか」

「このあたりの人は誰でも知っているよ」

「日本の一番古い和歌なんでしょ？　助けられた櫛名田姫を、須佐之男命が彼女を守るために宮殿を建てたんですよね。きれいな空気や雲の美しさを見つめて、すがすがしく感じて造ったところが須賀神社なんですよね、櫛名田姫が羨ましいです。お母さんもそうだったらよかったのに」

「そうしたらきみは生まれていないよ」

ああ、そうだわ、と真琴は陽気に言った。わたしは真琴の明るさに感化されて急に元気になった。母も彼女の笑顔を見たら驚くだろう。朝倉駿介のことで話に華が咲くに違いない。それがまた嬉しかった。

それから目の端に強い光を感じた。なんだろうと視線を向けると、湖面から反射するものがあった。誰かが鏡でも照らしているのかもしれなかった。だがわたしにはそれが希望の光のような気がした。生きている間が人間だからね。母が言った言葉が閃光《せんこう》のように脳裏を走り抜けた。

きっとそうに違いない。生きていれば今日の真琴とわたしのように、つらいことも哀《かな》しいことも反転する。喜びも哀しみも生きていればこそのことだ。晴れの日があれば雨の日もある。夜がくればやがては朝もくる。

我慢と忍耐は違うと教えてくれた、ジャン神父の言葉が浮かんだ。彼らはどちらも早く逝ったが、なにに耐えきれなかったのだろう。おまえは生きろと言う朝倉駿介の声も聞こえてきた。

わたしは彼らの言葉を噛《か》みしめた。それからもう一度宍道湖に目を向けると、水鳥たちが羽ばたきながら湖面を飛んだ。それが自分たちの人生を暗示しているようで、わたしは一層気分が晴れやかになっていた。

佐藤洋二郎（さとう・ようじろう）

一九四九年、福岡県生まれ。少年時代を島根県で過ごす。『夏至祭』で第一七回野間文芸新人賞、『岬の蛍』で第四九回芸術選奨文部大臣新人賞を、『イギリス山』で第五回木山捷平文学賞を受賞。『河口へ』『神名火』『東京』『坂物語』『福猫小判夏まつり』『グッバイマイラブ』『沈黙の神々』『親鸞 既往は咎めず』など著書が多数ある。

編集　矢沢 寛

妻《つま》籠《ご》め

二〇一六年七月三十日　初版第一刷発行

著者　佐藤洋二郎
発行者　菅原朝也
発行所　株式会社小学館
〒一〇一－八〇〇一　東京都千代田区一ツ橋二－三－一
編集　〇三－三二三〇－五八一〇　販売　〇三－五二八一－三五五五
DTP　株式会社昭和ブライト
印刷所　萩原印刷株式会社
製本所　株式会社若林製本工場

ISBN 978-4-09-386444-2